Über dieses Buch

Fortschrittsgläubig, ganz im Stil des 19. Jahrhunderts, nannte Meyers Konversationslexikon (Ausgabe von 1895) die Camera obscura »das wichtigste Werkzeug des Photographen, dessen Kunst darin besteht, die vergänglichen Bilder dauernd festzuhalten«. Im Strudel der visuellen Informationsflut unserer Tage besinnt sich Kunert auf die alte Technik der Momentaufnahme mit der Camera obscura: In rund achtzig kleinen Texten, die manchmal nur ein paar Zeilen umfassen, hält Kunert Augenblicke der Bedrohung und der Angst unserer gar nicht mehr optimistischen Tage fest. Parabelhaft geht es dabei auch um Schriftsteller-Alltage in der DDR. Im Vergleich zur frühen Utopie-Gläubigkeit Kunerts ist inzwischen tiefer Geschichtspessimismus spürbar. Die kleinen Texte – die von der Anekdote zum Entwurf für eine Kurzgeschichte reichen – verraten Irritation und zugleich Trotz (»Was nicht zur Sprache kommt, kommt nicht zur Welt«). Für den Literaturkritiker Wolfram Schütte sind diese Zeugnisse eines der gewichtigsten zeitgenössischen deutsch-sprachigen Autoren Texte, »die uns Augen und Ohren öffnen« – vor allem für die enggepflockten Grenzen menschlicher Existenz heute.

Der Autor

Günter Kunert, 1929 in Berlin geboren, studierte nach dem Krieg mehrere Semester an der Hochschule für angewandte Kunst in Berlin-Weißensee. Anschließend machte er sich in der DDR einen Namen als Lyriker und Autor von Kurzprosa. Im November 1976 schloß er sich der Protestresolution gegen die Ausbürgerung von Wolf Biermann an. Seit einiger Zeit lebt er in einer kleinen Stadt in Schleswig-Holstein.

GÜNTER KUNERT

CAMERA OBSCURA

FISCHER TASCHENBUCH VERLAG

Ungekürzte Ausgabe
Fischer Taschenbuch Verlag
Dezember 1980
Umschlagentwurf: Jan Buchholz / Reni Hinsch
Foto: Klaus von Zitzewitz
Fischer Taschenbuch Verlag GmbH, Frankfurt am Main
Lizenzausgabe mit freundlicher Genehmigung des
Carl Hanser Verlags, München–Wien

Gesamtherstellung: Hanseatische Druckanstalt GmbH, Hamburg
Printed in Germany
680-ISBN-3-596-22108-0

Gewidmet einer bestimmten Berlinerin,
geboren in Reinickendorf,
aufgewachsen in Heiligensee,
umgezogen nach Treptow,
wohnhaft in Buch
und sonst daheim nirgendwo.

INHALT

CAMERA OBSCURA

(Unter Benutzung einer Passage aus H. G. Wells' »Zeitmaschine«)

Die Felsen um mich waren von harter rötlicher Farbe, und alles, was ich zunächst von Spuren des Lebens sah, war die intensive grüne Vegetation, die jeden vorspringenden Punkt auf der südöstlichen Seite bedeckte; es war dasselbe reiche Grün, das man am Waldmoos oder an Höhlenflechten sieht: an Pflanzen, die wie diese in ewigem Zwielicht wachsen. Das Meer erstreckte sich weit nach Südwesten und hob sich zu einem scharfen hellen Horizont gegen den blassen Himmel. Ich sah keine Brandung und keine Wellen, denn es regte sich kein Windhauch. Nur ein leichtes, öliges Schwellen stieg und fiel wie ein sanftes Atmen und zeigte, daß das ewige Meer sich noch bewegte und lebte. Und den Rand entlang, wo sich das Wasser bisweilen brach, lag eine dicke Salzinkrustation – rosig unter dem lichtfarbenen Himmel. In meinem Kopf hatte ich ein Gefühl des Drucks, und es fiel mir auf, daß ich sehr schnell atmete. Dann sah ich, wie sich hinter den Salzverkrustungen etwas erhob und bewegte, die glitzernde Barriere überklomm, ein Mann, das war nun deutlich, in eigentümlich vorgeneigter Haltung, den Rücken unter einer Last gekrümmt. Als er mich bemerkte, hielt er einen Augenblick inne, kam dann aber rasch näher, um in einer mittleren Entfernung stehenzubleiben, den Hut, einen breitkrempigen schwarzen Filz, zu lüften und grüßend durch die Luft zu schwenken. Sein Gesicht bestand in der Hauptsache aus ähnlichem schwarzen Filz, Bart oder dergleichen, so daß kein Mienenspiel abzulesen war. Seine Absicht schien jedoch freundlicher Natur; er beugte sich ungelenk vor, löste zwei Trageriemen an seinen Schultern, richtete sich wieder auf, und man erkannte, wie er vorsichtig die bis dahin geschleppte Last absetzte. Er trat zur Seite: sichtbar wurde eine plumpe Camera obscura auf dreibeinigem Stativ, welche er vordem in standbereiter Position auf dem Rücken herbefördert hatte; das mußte, der ausgezogenen Holzbeine wegen, die seine Schritte behindert hatten, recht unbequem gewesen sein. Er

winkte erneut mit dem schwarzen Hut, und gleich darauf drangen seine Worte zu mir: Bleiben Sie ruhig stehen! Schon trat er hinter seinen Apparat, deckte ein ebenfalls schwarzes Tuch über sein Haupt, nachdem er den Hut einfach aufs Salz geworfen, und während ich unauffällig den Bauch einzog und die Brust leicht vorwölbte, die Hand über die Augen legte und eine Pose einnahm, von der ich hoffte, sie würde mich möglichst würdig erscheinen lassen, konstatierte ich, wie die Hand des Fotografen, als umklammere sie einen schmächtigen Hals, am messinggefaßten Objektiv zu drehen und zu würgen begann. Aus den Augenwinkeln blickte ich auf die glänzende Linse, aus der ich einen Sog verspürte, unerklärlich und sich verstärkend, doch während ich noch die naturwissenschaftliche Erklärung dieses Phänomens begrübelte, verlor ich den Halt. Ehe mir klar wurde, wie und was auf welche Art mit mir geschah, hatte ich bereits die Entfernung zum Apparat hinter mir, wobei ich undeutlich mein Zusammenschrumpfen wahrnahm. Unaufhaltsam flog ich gegen eine Fläche, mit der ich mich sofort vereinigte, ohne zu einer abwehrenden Bewegung, zu einer protestierenden Geste fähig zu sein. Dann wurde mir schwarz vor Augen.
Später, völlig flächig und zu keiner Regung mehr in der Lage, wurde ich von unterschiedlichen, mir völlig fremden Leuten betrachtet. Ich glaube nicht, daß sie wußten, wer ich bin. Nur indem sie mich in Zusammenhang mit dem Salzmeer im Hintergrund anschauten, schien ich sie zu interessieren. Möglicherweise hielten sie mich für einen Eingeborenen, für jemand, der in dieser öden flachen Küstenlandschaft geboren und von ihr geprägt worden war, was aber gar nicht stimmte. Ich hatte mich nur zufällig und auf der Durchreise dort befunden, und das war mir, wie ich klar erkannte, zum Verhängnis geworden. Eine Chance, in meine frühere Existenz zurückzukehren, bestand nicht mehr. Aus dem Album gab es kein Entrinnen. Ich war archiviert für alle Zeiten. Zu welchem Zweck jedoch würde ich, da mir jeder Ausblick und Überblick fehlte, vermutlich niemals feststellen können. Ich hatte mich mit meinem neuen Status abzufinden, und alles, was ich tun konnte, war, indem ich mich beim Öffnen des Albums auf mein Schicksal konzentrierte, dasselbe durch

die Eindringlichkeit meines starren Blickes für sich selber sprechen zu lassen. Aber mehr als einen Kommentar über den Hintergrund, vor dem ich verrenkt zu posieren gezwungen bin, habe ich nie vernommen. Keine Hoffnung also. Ich bin, wo ich bin, und bin, wer ich bin, aber das nutzt mir überhaupt nichts mehr. Es wäre besser, ein anderer zu sein. Jeder andere wäre vorzuziehen, doch sobald man erst einmal derart fest fixiert ist wie ich, erübrigt sich künftig alles Weitere.

FOTOGRAFIE II

Wer hinterläßt schon mehr als einen undeutlichen Schatten, der sich die Schuhe zuschnürt, vornübergeneigt, das Bein auf den Sockel einer Pumpe gestützt, mitten in Paris. Wie auf dem frühen Foto von Daguerre stellten sich die Alten im Altertum die Bewohner des Hades vor: Noch zu erkennen, aber nicht mehr körperlich berührbar. Der Aufenthaltsort der Abgeschiedenen von einst versank durch Unglauben und kehrte erst durch die Technik wieder: Atomisiert in unzählige Fotos seit Erfindung der Bromsilberplatte, etwas von der gleichen Trübseligkeit verbreitend beim Betrachten, wozu ehemals ein Besuch in der Unterwelt nötig schien, um auf sie zu treffen.

Wie er sich aus dem Rausch emporwindet oder zwischen den schwarzen Schenkeln hervor, triefenden Mundes und abwesend, mit unregelmäßigem Puls, mit letaler Energie, als hätte er einen Ruf vernommen, eher: einen Befehl. Welche Kraft, aus einer Trunkenheit sich zu erheben. Welche Kühnheit, aus dem brüchigen Bett aufzustehen, der Brüchigkeit seiner eigenen Knochen nicht achtend. Die ganze Sinnlosigkeit der Welt auf den Schultern am Schreibtisch Platz nehmen ohne zusammenzubrechen. Aber niemand nennt ihn Atlas. Dazu: Das Gesicht eines Gejagten und Genarrten, der nicht weiß, was ihm angetan wird: so zeigt ihn eine Fotografie. Seine Augen leben ihr eigenes Leben, wollen dringlich etwas mitteilen, wir verstehen es nicht oder doch nur im Rausch, zwischen den schwarzen Schenkeln vor der lachsfarbenen Öffnung einer alternden Negerin.

DER SPIEGEL

Fragt nicht, wer ich bin, ihr fragt umsonst. Sucht nicht in den Zeitungen meinen Namen. Nach dem Abdruck meiner Sohlen werdet ihr vergeblich ausspähen auf den lärmenden Plätzen. Wo die Wellen über euch zusammenschlagen, wild und ungleich euerm gezähmten Charakter; wo euch gegenübertritt die Gewalt mit dem Gewehr, bar der letzten Maskierung, in eurer letzten Stunde, da ihr euch erinnert der Welt, die ihr so verschlechtert habt, daß sie euch nur noch anspeien kann und nicht umfangen, bin ich bei euch, die in mir nichts anderes erkennen, als ihr eignes zerschlagenes Gesicht.

AUSGRÄBER

Wie auf einer jener schon angegilbten Xylographien der Jahrhundertwende, auf denen Düsternis vorherrscht, der Himmel immer gewittrig oder abendlich gestimmt scheint und Bewegungslosigkeit die Grundlage alles Sichtbaren bildet, genauso habe ich von irgendwoher den Eindruck von zwei Gestalten, altfränkisch gekleidet, Spaten in den Händen und über eine Grube gebeugt. Doch ehe sie die aushoben, mußten sie Felsbrocken zur Seite wälzen, graue kantige Stücke, halb mannshoch, die jetzt ungeordnet umherliegen. Nun können die beiden Männer in die Öffnung der Erde hineinschauen, wir aber, wegen der Perspektive der schwarzweiß getönten Szene, leider nicht; wir müssen uns mit einigen keramischen Scherben am Rande begnügen und ihnen zufolge eine archäologische Entdeckung annehmen. Auch von den Gesichtern der Ausgräber, bärtige Profile bloß, läßt sich nichts ablesen. Freilich: der sichtliche Müheaufwand gibt die Wichtigkeit des Unternehmens zu erkennen, jede Scherbe bestätigt den Fundort: insoweit erhält der Betrachter Gewißheit über den Vorgang, von dem ihm jedoch das Ergebnis verborgen bleibt. Daher ist er sofort bereit, den Anblick aus Nichtverstehen als ein Gleichnis zu akzeptieren, um sich nicht genasführt vorzukommen; selber einen Sinn einzubringen, wo keiner kenntlich wird; was dem Leser ja auch dieser Text nahelegt: ebenfalls den Versuch, Nichtwissen auf die erwähnte Art zu heiligen.

BILD

Unter den Endzeitbildern ist das idyllische das meist ersehnte: Über den dunstigen Fluß hinweg der Blick in das erneut chaotische Grün, aus dem in Ufernähe Rauch aufsteigt. Das schafft den Glauben an ein Haus, das uns erwartet; an ein Mahl, das uns bereitet wird; an ein Bett, in dem wir geruhsam schlafen oder sterben dürfen, da alle Brücken gesprengt und wir in Sicherheit sind, Beamte, Polizisten, die Gespenster fremder Machart aber jenseits unserer Träume ihre Fäuste schütteln, lautlos, weil das rasche Strömen ihre Stimmen wegträgt, ehe sie über das Wasser gelangen und uns erneut erreichen können.
Entkommensein – so der Bildtitel, unter dem wir uns immer porträtieren lassen möchten.

LEBEN IN BILDERN

(Notat zu C. D. Friedrich)

Ein ganz Anderer sein kann man nur in einer anderen Landschaft, vorausgesetzt sie ist zweidimensional: einzig unsere Ahnung kann sie ungehemmt und auch ungehindert betreten, so daß sie, die Landschaft, uns auf diese Weise ständig erhalten bleibt. In einem Bild von Caspar David Friedrich zum Beispiel sind wir allein, schauen weit hinaus bis zum Horizont, hinter dem, soviel haben wir schon erfahren, der stets wichtigere Teil verborgen liegt, der aber gänzlich unzugänglich ist. Kein Lufthauch rührt uns hier an. Die Natur befindet sich in einem Idealzustand: dem völliger Reglosigkeit: eine Schlafende, die, obschon wir mit ihr unmittelbar verwandt, uns seit einiger Zeit fremd wurde. Seitdem wir die Kunst erlernt haben, in Städten zu wohnen. Von da an haben wir den glückbringenden Umgang mit ihr immer mehr eingeschränkt: nun sind wir aus der Übung. Bloß noch ihre Abbilder eignen sich für unsere Flüchtigkeit und Fluchtsucht. In ihrer realen Gegenständlichkeit beunruhigt uns der Umstand, daß wir sie nicht berühren können. Wo wir uns ihr hingeben möchten, ist sie nicht mehr. Irgendetwas zerkrümelt unter unseren Fingern, was sie nicht sein kann und darf. Um sie zu erleben, denken wir uns um ihren Anblick einen Goldrahmen. Allein in ihrer abgelösten Erscheinung sind wir frei im Verhältnis zu ihr, da sie sich in anlockenden Farben ausbreitet, höchstens hier und da von (ebenfalls gemalten) Figuren begleitet, welche in den Werken des norddeutschen Romantikers uns meist den Rücken zukehren. Sie sehen uns nicht und sehen uns nicht an. Gebannt starren sie in die Ferne, auf einen Sonnenuntergang, auf einen Mondaufstieg, auf die vagen, kurz vor der Auflösung stehenden Phantome von Takelagen oder städtischen Silhouetten; gelänge es uns faktisch, neben die altertümlich gekleideten Gestalten zu treten und für andere Betrachter innerhalb des Rahmens sichtbar zu werden, wir würden den bereits Vorhandenen ähnlich sehen, säßen oder stünden ebenso da, die abgewandten Mienen entspannt und leer, sorglos und arglos, wieder zu Bestandteilen des Ganzen geworden, aus dem wir durch eigene Tüchtigkeit und Vernunft vertrieben worden sind: die Wahrheit dieses irreversiblen Vorganges wird bewiesen dadurch, daß wir immerfort lieber andernorts andre wären und am allerliebsten in Bildern selbst.

Ein Herumirren durch enge Treppenhäuser, verdächtiges Knarren der Stufen, ob sie mich noch tragen werden, Geräusche von sacht berstendem Mauerwerk und alle Türen ohne Namensschild natürlich und wie zugenagelt. Auch ist nirgendwo ein Klingelknopf, wie befürchtet, und kein Lichtschalter, und der Tag sinkt schon: so steige ich abwärts und aufwärts leicht bekleidet oder ganz nackt, schwarz auf vergilbtem Weiß, bis ich hinter einem Mauervorsprung, um den ich biege, entdecke, daß mich Piranesi in einem seiner Stiche gefangenhält. Doch ich ahne nicht, wozu und warum, und selbst nach hundert Jahren, nach zweihundert werde ich es nicht wissen und mir einreden, es geschähe einzig zu einem ästhetischen Zweck ohne jede weitere Bedeutung. Damit kann ich mich niemals zufriedengeben, und ich beneide Figuren, deren Anwesenheit in anderen Kupferstichen oder Holzschnitten oder Radierungen stattfindet, am meisten jene auf den Werken von Hogarth, da ihnen Trunksucht, Völlerei, Sexualität und Grausamkeit zugestanden sind – uns jedoch nur dieses sinnlose Auf und Ab auf leeren Treppen in leeren Gehäusen, halbzerstörten, vielleicht als vorausgesandte Demonstranten einer späteren Wirklichkeit, deren künftige Selbsterkenntnis uns nichts mehr nutzt: falls überhaupt jemals ein derartiges Wunder sich ereignen sollte: wir jedenfalls bleiben in die Vergangenheit gebannt und in die Kunst – doppelt gefesselt für alle Zeit.

FILM

Ein kleiner Film, etwa im Stile Polanskis, zeigte uns einen Mann, friedlich, fröhlich, der ein hübsches Haus besitzt, Frau und Kinder, eine Anzahl zahmer Carrassius auratus L. (Goldfische), und der aus der Tür tritt, Luft zu schöpfen: rund ums Haus ist Wiese, blühend, blumenbunt. Ein Pfad führt vom Haus fort, auf den sich der Mann schlendernd begibt, hin und wieder die Hand über die Augen legend, den strahlenden Sommertag besser überschauen zu können. Als er schon ein ziemliches Stück Weges gegangen ist, sich umwendet, sieht er da hinten sein Haus liegen, darin die Familie, Carrassius auratus L., Möbel, Teppiche, Bücher, Erinnerungsstücke aus Holz und Porzellan (»Schenkst du aus diesem Krüglein ein/es wird dir wohl bekömmlich sein«) und dann: eine riesige schwarze Woge rollt aus dem Hintergrund heran, schlägt über Haus und Wiese zusammen, erreicht aber den Mann nicht mehr, verlangsamt sich fünfzig, sechzig Meter vor ihm und fließt im gleichen Tempo zurück. Unverändert farbig und gesprenkelt liegt der Boden da, nur ist er jetzt leer. Der Mann eilt den Pfad zurück, der dort, wo früher die Haustür gewesen, sich zu einem gelben Sandfleck inmitten des duften Grases erweitert. Wir sehen den Mann die Stelle mustern. Jetzt schüttelt er den Kopf. Nun legt er die Hand an die Stirn. Sogleich dreht er sich um und geht den Weg zögernd zurück. Rasch kehrt er sich noch einmal um, ob nicht plötzlich das Haus samt Inhalt zurück sei, aber: nichts!
Er schüttelt noch einmal den Kopf; er kann einfach nicht verstehen, wieso die Wiese unbebaut ist. Er versteht es nicht und will es auch gar nicht verstehen! Endlich klopft er sich gar mit den Faustknöcheln an die Schläfe, als hülfe das was. Eine völlig unsinnige Geste, durch die er auf uns nur komisch wirkt: weil er sich dümmer anstellt als man sein kann. Wir würden lachen, sähen wir sein begriffsstutziges Gesicht in Großaufnahme im Stile Polanskis auf der Leinwand – als Vorfilm und am besten zwischen Werbung und Wochenschau.

Schau-Platz: nichts Wesentlicheres als ein Kinovorraum. Eben aufgetan die Doppelpforte, messinggefaßte Spiegelglasscheiben, Miniaturgeländer, ebenfalls Messing, anarchisches Gedränge vor der Kasse zu verhindern und eine geordnete Reihe zu garantieren. Es drängt jedoch niemand. Ein bewölkter Sommersonntagnachmittag fesselt Bevölkerungen an andre Stellen. Die Leuchtstofflampen, kaschiert, verbreiten gleichmäßiges Licht über das herkömmliche Dekor der Wände: aufrechtstehende Rechtecke, etwas wie purpurner Untergrund, mit goldbronzierten Tapetenleisten abgesetzt, naives Falsifikat der Grand Opera. In kastenähnlicher Kabine – der Kasse – hinter der Scheibe, deren Mitte durch ein gerahmtes Sieb durchbrochen ist, ohne daß dieses jene Millionen und Milliarden von Bazillen, die beim Sprechen freiwerden, aufhielte, sitzt auf einem einfachen Bürostuhl eine ältere Frau. Immer ist ihre Frisur wie frisch gelegt, immer trägt sie eine Brille oder wirkt zumindest, als sei ihr eine verschrieben. Die Finger reißen sorgfältig die lappigen Billetts von der Rolle und ziehen das Geld an sich: Noch kein Einlaß!
Aschbecher, blecherne Schalen auf schlankem Bein, entfernte Verwandte des verstorbenen Sektkühlers, sind eben gereinigt worden und finden in Ecken Aufstellung. Schon wird der Stand für Süßigkeiten und Getränke unfeierlich eröffnet; eine jener älteren Weiblichkeiten, ihr Gesicht vom ständigen und sofortigen Vergessenwerden durch tägliche Menschenscharen geprägt, schließt eine rotlackierte Eisenschachtel auf, den tragbaren Tresor mit Nickelgriff auf dem Deckel. Ehe sie es sich versieht, stehen zwei Mädchen vor ihr, lassen sich Erdnußkerne in später unangenehm knisternden Beuteln reichen, bunt verpackte Schokolade und Wechselgeld. Ein Mann in kurzärmeligem Polohemd und Sporthose sitzt nun da auf einer samtbezogenen Bank vor dem falschen Kamin, über dem Liselotte Pulver, seltsam verfärbt und zärtlich lächelnd hängt. Eine elektrische Uhr weist daraufhin, sie werde bis zum Filmbeginn noch eine Menge Zeigerbewegungen vollziehen. Ein Ehepaar, vom spätgrauen Himmel Ungewittriges befürchtend, zieht sich gleichfalls in den

Vorraum zurück, um sich in ein leises Gespräch zu vertiefen. Vermutlich legt der Vorführer in seinem abgeschiedenen Kämmerchen bereits den Film ein. Auch scheint durch den dämmrigen und mit dunklem Velour ausgeschlagenen Saal, von dem hier nichts zu sehen ist, sich eine weitere unjunge Person zu bewegen, um Duftstoffe zu versprühen oder letzte Hand an irgendetwas zu legen, was nur sie für noch ungeordnet und unfertig hält. Mit nervöser Geduld erwarten die Besucher, endlich zu den Sesselreihen vordringen zu dürfen. Inzwischen ist ein Mann aufgekommen, man weiß nicht wie, völlig unbemerkt oder war er nicht schon draußen um uns, ein Spanner vielleicht, er ist da und zieht durch sein Verhalten verwunderte Blicke auf sich. Sein kleiner Kopf weist eine Haartracht auf, die seine gute Kleidung widerlegt: übers Schädeldach gestriegelt, ungeschnitten auf den Kragen aufstoßend, wie mit einer stockigen Substanz zusammengebakken: Zuhältertolle klassischer Mode, älteren Fotodokumenten zufolge. Eine kleinwüchsige Gestalt und jetzt vor dem Süßigkeitenstand. Die Züge knittrig, verzieht er sie, als ob er spricht oder lacht, doch das wird nicht klar. Möglicherweise ist er uns aus einem mysteriösen Grunde nachgegangen, nachgekommen, immerhin: noch ignorieren ihn die Anwesenden, schauen zur Seite, bereits ihrer maßvollen Neugier wegen verlegen, aber aus den Augenwinkeln oder wenn sie sich umwenden, stellen sie fest, der Kleinwüchsige liegt unversehens auf dem Terrazzo des Vorraumes. Er verzieht erneut das Gesicht, als ob er darüber erheitert sei. Lacht er wirklich? Auf den rechten Ellenbogen gestützt, ruht er auf der Seite, die Beine leicht angewinkelt, in jener berühmten und bequemen Pose, welche Römer des Augusteischen Zeitalters auf ihrem Lager während des Speisens zeigten. Dazu vollführt die Linke unsinnige Gesten in der Luft. Ist er betrunken? Mit leisem Unbehagen betrachten ihn die Besucher. Liest man nicht dauernd in den Zeitungen von Ausländern, die aus ihrer Heimat hierorts legendäre hochinfektiöse Krankheiten einschleppen? Man sieht hin und sieht wieder weg. Wüßte man nur, worum es sich hier handelt.
»Was wollen Sie?« fragt schließlich die Süßigkeitenverkäuferin den Mann am Boden, und weiß nicht, ob er sie versteht, zurückgrinst oder unter starken Schmerzen seine faltige Miene

verkrampft. Nun werden die Flügeltüren zum Saal geöffnet. Dämmerung wird sichtbar. Ist er in einem Drogenrausch oder stirbt er etwa? Das Zögernde und Ungelenke, da er sich auf dem Boden windet oder sich zu erheben versucht, wirkt auf alle peinlich. Man fährt in der leisen Unterhaltung fort und blickt am besten Liselotte Pulver an oder Romy Schneider oder Peter Alexander, deren Verhalten einwandfrei ist.
»Sanitäter!« sagt der Mann mit schwerer Zunge: »Sanitäter!« und auch das drückt nichts Eindeutiges über seinen Zustand aus: ein Kranker würde einen Arzt fordern, vielleicht um Hilfe rufen, aber Sanitäter? Das ist ungewöhnlich.
»Sind Sie krank?« fragt die Inhaberin der Näschereien und verkauft ein Beutelchen »Studentenfutter«. »Sanitäter!«
»Soll ich einen Rettungswagen rufen? Ich rufe gleich einen Rettungswagen!« Und da das Telefon, einziger unverkäuflicher Gegenstand auf dem verlockenden Bord, direkt vor ihr auf Benutzung wartet, ruft sie sogleich einen Rettungswagen. Der Mann am Boden grient oder verendet. Er scheint alle anzusehen und niemand zu erblicken. Eventuell simuliert er bloß, um Aufmerksamkeit, die ihm sonst niemals zuteil wird, ein einziges Mal aufsichzuziehen. Falls er nicht jemand bis hierher verfolgt hat, uns etwa, die sein blinder oder raffinierter Blick streift. Ist er verrückt? Ist ein Anschlag auf das Kino geplant, und er vorausgesandt, unsere Wachsamkeit abzulenken? Wird er eine Bombe aus der Tasche ziehen? Ein Terrorist? Ein betrunkener, verrückter, gedoppter, todkranker Terrorist? Da liegt er, ohne sichtliche Verletzung und Biographie, ohne erkennbaren Platz in der Gesellschaft, und das ist so unheimlich wie undurchsichtig. Hinter der Leinwand setzen die Lautsprecher ein, Musik ertönt, »Winchester Cathedral«, heiter und mit beschwingtem Rhythmus. Es wird in den Telefonhörer gesprochen. »Der Rettungswagen kommt gleich!« meint die Verkäuferin zu allen, die es hören wollen, auch zu dem am Boden, der irgendetwas mit der Hand entgegnen will, indessen die Kinobesucher, ich und du, unsicher, was sie von dem Vorgang halten sollen, langsam zum Einlaß schlendern, wo sie ihre Karte vorweisen, um sogleich, nachdem sie in den weichen Sessel versanken, aufmerksam den Abenteuern des Schauspielers Belmondo zu folgen, der von einer ganzen Mörderschar gejagt wird.

KURZE BESCHREIBUNG EINES MOMENTES DER EWIGKEIT VOR EINER PORNOFILMMASCHINE – EINWURF EINE MARK

Es gilt, die Stirn in eine zu ihr passende Plastikform zu drücken und die Augen an eine Scheibe, hinter der, nach Einwurf der Münze, die schwarze quadratische Fläche sich sofort bunt belebt, ohne daß auf den ersten Blick erkennbar würde, was vorgeht. Aus dem Ohrhörer, schaumgummigepolstert, schallt Geröchel und Geschrei, Ausrufe, kaum verständlich, verschrammte Stimmen, zerkratzte Töne, der Vermutung zufolge von diesen enorm farbigen Leibern hervorgebracht, die, wenn man den Aspekt ausschaltet, das habe früher der Fortpflanzung gedient, in einer völlig unbegreiflichen Mechanik sich abmühen: Körperteile mit der Hand bearbeitet, als würden sie blankgeputzt, oder von der Zunge, als gäbe es hier das wahre Manna des Paradieses, in welchem man sich ja ebenfalls unbekleidet aufhielt. Finger fahren ungeniert in Öffnungen, unter ansteigendem Gelärm, das dazu zwingt, den Hörer vom Kopf entfernt zu halten. Mädchen und Frauen nicken mit den Häuptern vor sich hin, wie die chinesischen Götzen aus Porzellan, die Münder aufgerissen und vollgestopft, wie früher im Salon auf einem Beistelltischchen. Die vorhandene Anatomie wird aufgeklappt, als würde eine Lektion erteilt: die Lehre vom Bedeutungsverlust eines Tuns, sobald es der Ursprünglichkeit entrissen und zu einem Teil der Apparatur geworden ist, darinnen es sich dreht bis zur endgültigen Abnutzung, wieder und immer wieder, und wenn das Licht in dem Kasten erlischt, die lädierten Stimmen abrupt verstummen, plötzlich die Feuchtigkeit der Stirnstütze sich bemerkbar macht, verlangt der Blick aus aufgerissenen Augen trotzdem nach mehr, nach Fortsetzung des eigentümlichen Geschehens, obwohl es doch so unglaubhaft wirkt wie ein Ballett oder die brüderlichen Umarmungen, die Politiker einander und ihren Völkern vorführen. Es fehlt die Wahrheit, die die Kraft hätte, in den Betrachter einzudringen, zur dauerhaften Intoxikation, denn nur Wahrheit kann Vergiftungen hervorrufen. Hier jedoch erscheint keine Beständigkeit, keine

Ewigkeit, diese zähe, unzerstörbare Substanz, unbemerkt von den Gestalten vor den unaufhörlich ihr Innerstes präsentierenden Geräten, die jedem nichts geben, was über den Wert des Geldstückes hinausginge, das sie ihm aus der Hand weggefressen haben.

Ihr Grundmuster ist pornographischer Natur, oder sollte es besser in spiegelgleicher Umkehrung heißen: natürliche Pornographie?
Denn derart dekorative Verschlingungen, besonders wild sich windend und vertrackt bei den Kelten und den Künstlern des Jugendstils, lassen sich einzig und allein aus körperhaften Überlagerungen erklären: so emphatisch verrenkt sich kein Mäander, musterhaftes Vorbild für Muster, so kein dekadenter Pflanzenstengel und kein Auntjetitzer Keramikband, wie es zu orgiastischen Zwecken der Organismus vermag, der, hauptsächlich hölzern hinter Amtsbarrieren zum geschlechtslosen Totem aufgerichtet, in der Horizontale zum einfallsreichen Schöpfer eines Kunstwerkes wird, das er selber bildet: sein Haupt lugt da prägnant unter des beigesellten Femininums Schenkeln hervor, deren einer erhoben, damit ein zentrales Ornament augenfällig hervortrete, welches wiederum Hände, eher Finger, aber ungewiß wessen, umringen und durchdringen, indessen andere Hände, deren Zugehörigkeit innerhalb des Werkes gleichfalls unentschieden ist, die geschwungenen Linien der Brüste zu verändern suchen. Trotz der Möglichkeiten von Symmetrie und Asymmetrie, trotz Vielförmigkeit und trotz des wandelbaren reichen Gesamteindruckes handelt es sich doch um nichts anderes als die ewige Wiederholung wiederkehrender gleicher Motive: eben um Arabeske.

PLASMA

Unter den mannigfachen, nicht mehr zu überschauenden, in Patentämtern registrierten Erfindungen fehlt bisher eine, welche gesammelte, im Grunde sowieso einander zugehörige Eigenschaften anderer in sich schlösse: es wäre dies die einer plastischen Masse, die mühelos jede gewünschte Form und Festigkeit annähme, möglicherweise auch eine mäßige und mechanische Belebtheit.
Aus ein bis zwei Zentnern dieses Materials schüfe sich, wer wollte, nach Wunsch den notwendigen geschlechtlichen Gegenpart für jene Stunden, über die weder Arbeit noch Lektüre, weder Schlaf noch Traum hinweghelfen. Jedem Geschmack entsprechend, der in der Realität sich doch immer nur mit Annäherungswerten bescheiden muß, gäbe das Material her, wessen es fähig ist. So könnte diese eindrucksfähige, aber feste und nach Bestellung gefärbte Knete zu bekannten klassischen Vorbildern geformt werden: zu einer armbesitzenden milesischen Aphrodite, zur höchst strengen Pallas Athene, zur knabenhaften Diana oder gleich zu Michelangelos David, sogar, für den speziellen Geschmack, zum pompejanischen Hermaphroditen, oder für den weniger differenzierten zur Venus von Willendorf, schlanke Unterarme mit zartgliedrigen, kaum ausgearbeiteten Händen auf dicht anliegenden Elefantentitten, unter denen sich der Bauch vorwölbt, Tonnenschenkel, die hinterwärts in einen unglaublichen Arsch gipfeln, darin der Rücken zu versinken scheint wie in einer doppelten Woge, gesichtsloses Wesen, weich und elementar, nicht in Tagen ergründbar, ein Exemplar für die Ferien, während welcher man sich solcher Liebhaberei hingeben könnte.
Denkbar auch, aus dem plastischen Stoff nur ein überdimensionales Körperteil herzustellen, umfänglich wie eine Couch und auch so bequem, auf der hingelagert sich alles von selber ergäbe.
Vereinsamte Frauen, Witwen etwa oder Kapitänsgattinnen, wären in der Lage, ihren von Nacht zu Nacht sich steigernden Wünschen gefahrlos nachzugeben und auf hygienische Weise Entspannung herbeizuführen, ohne ihr Über-Ich zur

Revolte anzustiften: mit einem nimmermüden Golem, von der Paketpost ins Haus geliefert, Bettstampfer, Wohnzimmerstößer, Küchenficker, Badezimmerrammler, aus dessen grober, nicht individualisierter Miene eine schlangenartige Zunge spitz und muskulös, eine feuchte Peitsche, seiner Bestellerin zwischen die Beine fährt, so daß sie pausenlos danach tanzen muß.
Kein Zweifel: dieser plastische Anthropomorphismus böte eine menschlich wahre Möglichkeit des Zufriedenwerdens zu einem angemessenen Preis, wenn auch nicht das eigentliche Glück, denn das übersteigt stets die physischen und physikalischen Fähigkeiten, will es so genannt werden. Obwohl: es bliebe unerfüllt ohne jene andere Erfüllung, deren umfassende Natur von Amts wegen immer noch bezweifelt wird.

IM DUNKELN

Dunkelheit ist vorab und vor allem dunkel, heißt es, aber das ist ein Trugschluß: das Dunkel erweist sich nicht ausschließlich als eine einfache Abwesenheit von Licht; sein Wesen geht weit über das eines visuellen bzw. antivisuellen Zustandes hinaus. Dunkel ist katalytisch. Es verändert eindeutige Dinge in zweideutige, oft sogar in undeutbare.

Empirie steht diesbetreffs jedermann zur eignen Erfahrung frei, falls er, vorausgesetzt Forscherdrang überwinde kleinbürgerliche Hemmung, es wagt, während einer Abendgesellschaft, die bereits in gewissem Maße dem Alkohol zugesprochen, die Sicherungen herauszuschrauben und ins Klosett zu werfen.

Nach erstem Lärmen und Kreischen, Lauten der Überraschung und Freude über die Abwechslung, wird man staunend wahrnehmen müssen, wie schon nach kürzester Frist Gespräche und phonetische Selbstbehauptung vom Dunkel aufgesogen werden: in welche schalltoten unsichtbaren geheimen Räume ist ein physikalisches Rätsel! Immer verdächtigere, immer bedeutsamkeitsträchtiger werdende Stille greift um sich und fordert zum Eingreifen heraus, zum Hinausgreifen aus der hautnahen, fast körperlich spürbaren schwarzen Substanz.

Durch diesen Zustand dahintastend, stellt man sogleich fest, man sei an einen ungewohnten Ort versetzt, in dem sich die Möbel verdoppelt und verdreifacht haben. Wo ist das Fenster geblieben, wo die Tür, und wem denn gehören die Beine, auf die man unversehens greift? Woher solche Schenkel, kaum zu umfassen, dick und nackt, da sie vorhin, vor einer schon nicht mehr abschätzbaren Zeitspanne, offensichtlich abwesend waren. Ein vom Himmel, den keiner mehr sieht, herabgefallenes Dornröschen, das unter tappenden Kuppen zu schlafen scheint: wie lange wohl schon?

Die Verwandlung ist geschehen.

Einstmals Bekanntes entzieht sich der Identifikation. Bestenfalls ergeben sich Assoziationen zu falschen Vorstellungen: Blüht da eine tropische Pflanze mit weichen feuchten Blütenblättern, Nachtschattengewächs faunischer Flora? Walze, handwarm, liegend und unbewegt: Gigantische Seegurke vielleicht, auf dem plüschigen Boden des lichtlosen Luftmeeres von ungemessener Tiefe. Faltig Stoffliches wieder, daraus Beutel und Blasen, Halbkugeln und Kuppelartiges vortritt, mehr und immer mehr, eine Versammlung von Kybelen, sich in soviel Fruchtbarkeit zu verirren. Auch sind da überall hartvertrocknete Früchte, die bei Licht als fußleere Schuhe gelten könnten. Verschlungene Seerosen von übermenschlicher Größe mit zahllosen Greifern, Tentakeln, von denen man eingefangen wird. Ein singulärer Saugnapf, der einen verschlingt. Stengelvegetation, pilzähnlich, einer Art struppiger Glaswolle entsprossen. Gierige Fleischpflanzen, paläontologisches Getier und Gewächse, noch nicht endgültig voneinander geschieden, lautlos, vielgliedrig, hervorgebrochen aus dem Dunkel, von dem im Grunde nur Kinder noch wissen, was es wirklich enthält und wessen es fähig ist: dies alte Blocksbergstück: der Verkehrung des Alltäglichen ins Besondere, das jeder selber nur im Dunkel sein darf.

DER VERSCHLOSSENE RAUM

Allseits bekannt: das Märchen, da ein Schloßherr, König gar, seiner eben angetrauten jungen Frau sein Schloß zeigt, Saal um Saal, Prunkgemächer, Kemenaten, Galerien, Alkoven, Türme, bis sie vor einer Tür stehen, die jemals zu öffnen der Gatte eindringlich und drohend verbietet: Niemals dürfe der Raum dahinter betreten werden!

Sogleich beginnt das Tabu zu wirken.

Mitten in Glück und Überfluß befällt Unruhe die junge Frau: vor der Fantasie, die mit dem Unausdenkbaren den verschlossenen Raum füllt, verarmt aller fabelhafter Reichtum, erlischt der bunte Glanz ihrer Umgebung. Ruhelos durch den Palast: unzufriedene Megäre, getrieben von ihren eigenen Vorstellungen, die – durch keinen Augenschein zu bestätigen oder zu widerlegen – radikal weiterwuchern: eine nicht diagnostizierte Krankheit.

Wir ahnen, in dem verschlossenen Raum befindet sich nichts; das Verbot dient der Gehorsamsprüfung, nichts anderem, und wird im übrigen von der neuen Schloßherrin nicht bestanden: das vermuten wir, falls wir es nicht bereits wußten. Ein Wissen, das nicht befriedigt: zuviel Aufwand, um nur eine verbrämte Predigt gegen Neugier zu halten.

Und begibt man sich noch einmal auf den Spuren der weiblichen Hauptperson durch den legendären Staub der bis zum Überdruß bekannten Geschichte, entblößt sich hinter der Märchen-Oberfläche ein ganz anderer Sachverhalt. Durch die Drapierung schimmert eine fremde, knochige Substanz, das Wesen der Sache, die besagt: nur Fiktionen seien Antriebe menschlicher Sehnsucht. Alles Verborgene oder als verborgen Angenommene, das sich den Anschein letztgültiger Wahrheit selber verleiht, erweist sich als stärker denn jede Autorität, deren Befehle es bricht, selbst wenn es, was als Rätsel stellvertretend für Wahrheit stand, nur Enttäuschung bringt. Jedes neue Rätsel erneuert die forschende Unruhe. Suche und Weg wiederholen sich unstillbar. Unsere Lebensweise, die, soll sie uns entsprechen, eine des Unterwegsseins ist, das in sich selber Befriedigung findet, ohne ankommen zu müssen, nacherzählt jenes Märchen, das zwar autoritär erscheint, als der Weisheit letzten Schluß jedoch die immerwährende Revolution enthält.

So wenig haben wir, daß selbst die analen Freuden beschreibenswert werden. In diesem Zeitalter ist eine gelungene Verdauung ein schöpferischer Vorgang, ein geglückter Tag einer ohne Schmerz. Was der Schlaf bedeutet, der Traum, du weißt es schon, aber du schweigst über dein Versteck, in der Furcht, anderen zu ihm den Eingang zu verraten. Ich habe dich lange grübeln sehen über einem leeren Vogelnest, das der Wind losgerissen und dir zugespielt hat: Wie können sie so etwas nur zustande bringen ohne Plan und Anordnung, ohne Materialzuweisung, Wettbewerb, Wanderfahne, Prämie und Herzinfarkt. Und die Ranke der Brombeere oder die zarte der Klematis, indem sie die Mauer, sie umschlingend, überwinden, erweisen sie sich nicht als die ursprünglich Verständigeren?
Wer in der Zeitung liest, ist verloren. Winke werden ihm bloß andernorts zuteil – dort, wo er sie niemals vermutet und darum auch nicht entschlüsseln kann. Nur das Erwartete erkennen und verstehen können, bestimmt unser Schicksal und macht es zum Fatum, dem wir die Hände in Bittgebärde hinstrecken, ahnend, das Ergebnis werde in der stählernen Acht um die Gelenke bestehen.

REFUGIUM

In die Sprache sich zurückziehen: in Sicherheit. Sich bedekken mit Wörtern bestimmten Ausdrucks, aber ungeahnter Abfolge, Schicht um Schicht, bis diese sich mit der Epidermis unauflöslich verbinden, so daß, wer mich sprachlos haben wollte, zum Schinder würde, der mir die Haut abzieht: ihm bliebe von uns beiden nur das Skelett: Grammatik und Knochen, leblos und furchterregend.
Ich ziehe mich zurück in das Federkleid schwebender aufsteigender Sätze, die ganz sacht anheben, flattern wie die Hand, die sie schreibt, um über ihrem eigenen Inhalt zu kreisen: Ikarus, durch die hitzige Verleugnung ikarischen Auftrags zu seinen Häupten stets in Gefahr.
In die zwiefache Schale krieche ich und klappe sie hinter mir zu mit einem Punkt: zwischen zwei Sätzen semantischen Schweigens berge ich mich und warte, daß die Fischer mit den Netzen wieder verschwinden. Ich lege mich in die Sprache und decke mich mit ihr zu: sie wärmt mich im Schlagschatten meiner Erfahrung. In den wahrlich finsteren Zeiten, darinnen wir Leben vortäuschen, erhellt sie etwas von meinem Umkreis, Zirkel, der immer sich selbst nur ermißt; Zelle von doppelter Bedeutung: Kerker und Daseinsträger zugleich: eingesperrt ins Innere derer, die mich täglich befreit, indem wir uns teilen, mitteilen in fünfundzwanzigfacher Gewißheit: was nicht zur Sprache kommt, kommt nicht zur Welt.

SATZBESCHREIBUNG

Die erste Zeile ist unwiederholbar als erste Zeile. Nach ihr kommt die Gewohnheit an die Längen und Kürzen der Silben und Worte und Sätze; je mehr, desto ferner der Anfang. Schließlich erinnert man nur noch die Stimmung des Beginnens und spürt nicht mehr, wie intensiv sie gewesen ist, ähnlich einem Traum, erfüllt vom glücklichen Außersichsein und langsamem Fortschreiten auf dem bisher geschichtslosen und schutzlosen Papier, eine unbetretene Gegend, am Ende bedeckt mit manischen Zeichen von geringerer Bedeutung als sie der Zustand des Blattes vordem aufwies; noch aber ist die Hand unterwegs, der Bleistift, der Gedanke, obwohl der bereits in verflachender Kurve direkt auf den Schluß zu, der im Gegensatz zum tastenden Ansetzen am oberen Rand der Seite nahezu Trübsal erzeugt, da der Punkt in Sicht gerät, hinter dem alles Ausdrückliche aufhört.

ZUCKER UND SALZ

Eine Dose, auf der »Zucker« geschrieben steht und eine andere mit der Aufschrift »Salz«, wie einfach ist das eingerichtet. Kein Irrtum denkbar. Bank und Tisch, schwer zu verwechseln: Nimm Platz, damit du es einsiehst. Oder das Schild mit dem Pfeil, der dauerhaft in eine Richtung fliegt, um sie zu bestimmen. Die Figuren von Frau und Mann beweisen das Prinzip von der Notwendigkeit und der Komik unaufhebbarer Gegensätze. Doch was die komplizierte Arabeske des Vogelfluges außer dem Flug eines Vogels beschreibt, wußten wir noch gestern und haben es schon vergessen. Die Bedeutung eines verlassenen Gebäudes scheint klar, tröge nicht der Schein: mit ihm nehmen wir immer vorlieb und verfehlen, verfrüht zufrieden, das Wesentliche: als läse man ein Buch auf die Weise, daß man zwar die Worte klar begreift, ohne zu merken, was ihre Reihenfolge für einen Sinn ergibt. Zucker Salz Zucker Salz Zucker Salz bis ans Ende.

KURZE FORMEL

Wessen Ehrgeiz hätte es nicht befriedigt, mit einer kurzen Formel, wörtlich oder bildlich, das Grundgesetz unseres Daseins ein für alle Mal aufzudecken, festzuhalten, einem staunenden Publikum vorzulegen: dieses überhaupt völlig rätselhafte Streben. Die lebenszerstörenden Versuche, Sicherheit zu erlangen, mehr Sicherheit, die Angst loszuwerden wie eine Krankheit, es ist ja auch eine, die alle Glieder lähmt und auch das Gehirn, darin nichts sich regt als sie. Den Mut zur Wahrheit haben wie der Gesunde die Gesundheit: so selbstverständlich, und auch den zur Offenheit, zur Aufrichtigkeit, zur Ehrlichkeit, die allesamt einer brauchte, wollte er daran gehen, das Grundgesetz unseres Daseins in eine kurze Formel zu fassen. Denn dafür reicht Ehrgeiz allein nicht aus.

AMTLICHE VERLAUTBARUNG

Ein Mensch, dem Unrecht widerfahren durch Ämter, verfaßte eine Beschwerde, worin er sich über die Ämter bei den Ämtern beklagte. Die Beschwerde wurde als zu Recht geführt anerkannt. Der sich beschwert hatte, erhielt den Bescheid: Beim nächsten Unrecht, das ihm zugefügt werde, erhielten die Ämter durch die Ämter eine allerstrengste Ämterrüge!
Der so Beschiedene protestierte: Er fordere, nicht Ämter zu rügen, sondern den Einzelnen zur Rechenschaft zu ziehen.
Das geschah: er wurde zur Rechenschaft gezogen.

So wird die Entfremdung amtlich für beendet erklärt. Ein Kuß des Amtsvorstehers gibt das schallende Signal. Angehörige, Mitwirkende und Leute fallen einander in die Arme. Die Dividierten, als da sind: Lehrkörper und Elternteile, Ersatzkräfte, Fußvolk, Handlanger, Langfinger und Wasserköpfe werden unaufhaltsam zueinandergezogen und vereinigen sich sanft wie in der Schmelze ehemalige Hebel, Räder und Schräubchen einer nicht mehr funktionierenden Maschine, befeuert von großer Freude, bald harrend der Ausgießung und Ausformung ihres wirklich und wahrhaftigen Selbst.
Aber leider: Solange Apparate nötig sind, das gemeine allgemeine Leben zu erhalten, werden wieder nur ganz neue Teile verlangt, statt neue ganze Geschöpfe.

ANDROIDEN

In eine Versammlung von Androiden war ich geraten. Höchstlich interessiert musterten mich ihre Augen aus bestem Kristall. Ihre Lippen aus Platin und Schaumgummi lächelten mich freundlich an. Ihre Worte konnte ich nicht verstehen, denn sie sprachen miteinander auf anderer Frequenz. Ich sah nur: sie warfen sich Blicke zu. Ich sah nur: sie rollten ein Gerät herbei. Ungeheuer gemächlich sonderten sich aus der Gruppe vier von ihnen ab und wanderten auf langsamen Stahlstangen aus meinem Blickfeld, wobei in meinem Rücken und Nacken Kälte wuchs. Und erst als ich bereits in jenes Gerät eingespannt lag (zu schnell für den Schneckengang der Gedanken), und rotierende Nickelfräsen sich in mein betäubtes Fleisch fraßen, erkannte ich: sie meinten es gut mit mir, daher sie mich sich ähnlich machen wollten und mir also einsetzten ein Herz aus Kunststoff, ein Gehirn mit vorgedruckter Schaltung und eine Seele aus Technicolor.

PYGMALION 1978

Millenien später arbeiteten Bildhauer weniger aus der Fantasie als nach Modellen; das mag daran liegen, daß sich gewisse menschliche Eigenschaften im Laufe der Zeiten abnutzen und wahrscheinlich eines Tages gänzlich verschwinden. Solche Hypothesen kümmerten den Bildhauer P. wenig: er war sich seines künstlerischen und gesellschaftlichen Auftrages so sicher, nämlich Schönheit zu verbreiten, daß ihn keine Zweifel am Schaffen hinderten. Sein Leben wäre auch komplikationslos verlaufen, der bekannte steile Aufstieg von Ehrung zu Ehrung, hätte er nicht irgendwann an einem seiner Modelle mehr Interesse genommen oder gefunden, als für die Bildhauerei vonnöten ist. Diese Sympathie expandierte zu einer unverhohlenen Zuneigung, zu Liebe gar und steigerte sich zur Leidenschaft für das Geschöpf, dem P.'s Gefühle wenig bedeuteten. Seine Anträge, Ruhm und Dasein mit ihm zu teilen, wurden regelmäßig abgelehnt; sie, das weibliche Original unterschiedlich gelungener Abbilder, hatte wohl andere Neigungen, gar Bindungen, von denen P. nichts ahnte, obwohl er das Schlimmste befürchtete. Freilich, ein Konkurrent im Metier war nicht auszumachen, so daß er nicht begriff, warum sie seine großzügigen Angebote zurückwies.

Als seine Bitten nichts fruchteten, pochte er ihr gegenüber auf seine guten Beziehungen; er könne auch andere Mittel anwenden, doch das schien sie nicht zu glauben, bis P. es ihr bewies, indem er sich an jene Mächte wandte, deren Gunst er sich stets rühmte, und so geschah, was zu erwarten war: das Modell verlor zunehmend seine Bewegungsfreiheit und wurde langsam statuarisch. Jedoch vollzog sich die Petrifizierung nicht von heute auf morgen, aber die Erstarrung nahm zu, bis sie das ganze Wesen ergriff. Es verließ eines Abends nicht mehr seinen Sockel, die schönen, doch versteinerten Beine hielten es dort oben fest. Zusätzlich ereignete sich, womit keineswegs zu rechnen gewesen war: ein völliges Verstummen, nachdem die Marmorwerdung Stimmbänder und Zunge ergriffen hatte; auch die Augen wandten sich P. nicht mehr zu, wenn er den Sockel umkreiste, jene wunder-

vollen Formen zu preisen, ihm allein nun ganz und gar zu eigen. Da sie es auch nicht mehr zu hören schien, kamen ihm irgendwann seine Monologe sinnlos vor und er stellte sie ein, ja, die tägliche Besichtigung seines Besitzes wurde ihm lästig, nachgerade bedrückend, so daß er die Statue von Heute auf Morgen auf den Boden schaffen ließ, um sie nicht mehr zu sehen. Er spielte sogar mit dem Gedanken, sie einfach zu verkaufen, an eine Parkverwaltung vielleicht, deren Bedarf an Dianen und Nymphen bodenlos ist. Möglicherweise würde er sie auch umarbeiten, indem er das farblich ungleiche Material zu Mosaiksteinen zerschlüge; dazu konnte er sich jedoch nicht recht entschließen, und so wurde dieser Einfall, während er auf einer Studienreise im Ausland weilte, von seinem Gehilfen, dem er davon gesprochen, prompt ausgeführt.
Aber P. hat niemals ein Mosaik geschaffen, wie man seinem Werkverzeichnis entnehmen kann, was übrigens außer seinen Förderern auch wir als seine Verehrer immer bedauert haben.

Verblüffung als erstes. Welche erstaunliche Ähnlichkeit und in einiger Entfernung auffallend. Aus der Nähe wirkte sie unglaublich. Ich verlangsamte den Schritt, der andere auch, der eine Kopie meines Gesichtes trug, wie von einem genialen Maskenbildner angefertigt: so täuschend. Wir lächelten einander zu, recht betroffen und grüßten uns mit leichtem Neigen des Kopfes. Er, freundlicher, sprach mich an, obschon ich weitergehen wollte: Ich bin wohl Ihr Doppelgänger? in entschuldigendem Ton, zog den Hut, und ich tat das gleiche. Seine Höflichkeit zwang mich zur Abwehr: Nein, nein, ich bin gewiß *Ihr* Doppelgänger, beteuerte ich, und wir tauschten, jeder seinen Hut mit aufwärts gewinkeltem Arm in der Nähe der Schläfe, einige Floskeln aus, über Naturspielereien et cetera, ehe wir uns wieder trennten. Nachdem er um die Ecke gebogen, wie ich rasch zurückschauend konstatierte, kam mir zu Bewußtsein, wie wir beide dagestanden, zwillingshaft und – was mich erst jetzt stutzig machte – fast synchron in symmetrischen Gesten: die Art, den Hut zu lüften, ihn in der Schwebe zu halten, eine Verbeugung nur anzudeuten, gemahnte mich an eine Probe vorm Spiegel. Als sei die Doppelgängerschaft nicht bloß eine physiognomische, sondern auch eine der Psyche, welche letztlich alles körperliche Verhalten bestimmt.

Dann vergaß ich einfach die Begegnung.

Eine Woche später, pünktlich um sieben Uhr dreißig, wurde ich wieder daran erinnert: als der Postbote klingelte und ich die Wohnungstür öffnete. Zwei Finger an die Mütze legend, beugte er sich vornüber ins Licht meines Korridors und wies ungeniert unter der blauen Uniformmütze meine eigenen Züge vor. Bis auf eine Warze am Kinn, die mir fehlt, glich er mir aufs Haar oder ich ihm, entsprechend dem jeweiligen Standpunkt. Verwirrt nahm ich den Brief in Empfang, Einschreiben, quittierte, folgte aufmerksam den beiden Fingern, erneut lässig an den schwarzen Lackschirm gelegt, so täte ich's auch, und schloß die Tür: Wenn Zufälle sich häufen, verlieren sie ihr luftiges, unverbindliches Wesen und werden zum Gesetz. Wo der frühere Postbote abgeblieben, ich hatte vergessen, mich danach zu erkundigen: ob er in ein anderes Revier versetzt, ob er pensioniert worden war, was ich bezweifelte, da er höchstens fünfzig Jahre zählte. Der Neue jedenfalls hatte kein Zeichen gegeben, daß ihm unsere überaus große Ähnlichkeit aufgefallen wäre, und gerade dieses gleichgültige Verhalten beunruhigte mich mehr als die Ähnlichkeit selber. Er konnte sie bestimmt nicht übersehen haben!

Eine innere Spannung, eine nervöse Erwartung entstand, in der ich auf das nächste derartige Zusammentreffen mit einem Double lauerte. In der Straßenbahn drängelte ich mich während der Fahrt durch den ganzen Wagen von der vorderen bis zur hinteren Plattform, nur um nach meinem Spiegelbild zu suchen. Ohne Ergebnis.

Doch kurz darauf, als ich in der Frühe die Wohnung hinter mir abschloß, trat aus der gegenüberliegenden eine Kopie meiner selbst, wünschte »Guten Morgen« und wollte die Stufen hinab. Ich packte den Mann am Ärmel und fragte nach meinem Nachbarn.

Ihr Nachbar bin jetzt ich, hieß es, und als er mein zweifelndes Kopfschütteln bemerkte, bestätigte er es noch einmal ausdrücklich. Wo sein Vorgänger denn hingezogen sei, forderte ich zu wissen, und wann eigentlich, da ich keinen Möbelwagen gesehen, noch – nach immerhin zehnjähriger guter Nachbarschaft – annehmen könne, daß man so gänzlich ohne Abschied das Haus verlassen haben würde! Mein neuer Nachbar, von meiner Besorgnis beeindruckt, gab zurück, er wisse auch nichts, habe die Wohnung samt Mobiliar gemietet, und jetzt bitte er um Entschuldigung, da er zur Arbeit müsse. Er löste sich geschickt aus meinem Griff und trappste die Treppen hinab, eilig und sicher polternd, wie ich wahrscheinlich selber solcher Situation entliefe.

Nun besaß ich bereits drei Doppelgänger und hoffte inständig, damit werde es sein Bewenden haben, aber kaum war ich meinem Nachbarn auf die Straße gefolgt, ebenfalls mein Tagwerk anzufangen, begegnete mir etwas, was mich dazu brachte, umzukehren, nocheinmal die drei Treppen hinaufzusteigen und in der Küche einen Schnaps zu trinken: ich war auf eine Doppelgängerin gestoßen. Erschüttert starrte ich sie an, und sie, offensichtlich einem Irrtum erliegend, erwiderte meine scheinbare Bewunderung mit meinem eigenen Lächeln, verlockend und einladend, daß ich mir wie mein eigener Verführer vorkam; Verlegenheit zog mir die Mundwinkel auseinander, so daß ich ungewollt meinem Ebenbild dieses Lächeln replizierte: Traum des Narziß, an mir wahr und zum Alptraum geworden!

Unpünktlich gelangte ich ins Büro. Um mich beim Chef zu entschuldigen, betrat ich sofort sein Vorzimmer, seine Sekretärin jedoch saß nicht an der Maschine, Sprechen war zu hören, und die gepolsterte Tür zum Chefzimmer nur angelehnt; neugierig, wer wäre es nicht, leise über den Teppich, das Ohr lauschend gerichtet, dann: ein Blick durch den Spalt: da thronte ich im Sessel und diktierte mit meiner Stimme. Ich lehnte mich zurück, unterbrach das Diktat, nickte mir zu und winkte mich mit einem »Später, später« ab.

Nachdem ich mich zurückgezogen, überlegte ich, eingeriegelt auf der Herrentoilette, was da geschehen sein mochte, und was die erstaunliche Vervielfältigung ausgerechnet meiner Person zu bedeuten habe. Und: Sollte ich stolz sein, weil gerade ich dazu auserwählt worden war (mit welchem Endzweck wohl), oder müßte ich verzweifeln wie von einer unheilbaren Krankheit befallen, mit der ich andere infizierte, daß sie mir gleichen mußten, ohne sich wehren zu können? Verbreitete ich die Keime einer Metamorphosis, für die ich vielleicht selber verantwortlich war? Oder handelte es sich gar nicht um eine Umtypisierung, und zogen meine Duplikate von irgendwoher zu, um den oder jenen aus dem Sozialleben Ausgeschiedenen zu ersetzen? Und warum ignorierten sie mich? Natürlich: sie konnten ja nicht wissen, daß ich ihr Archetyp war, die Urform, nach der sie sich gebildet; außerdem hatte sich ihre Anzahl derart vermehrt, daß jedes anfängliche Verwundern über so viele gleiche Mienen längst vergangen, und sie sich an meinen, an ihren, Anblick gewöhnt hatten.

Aber meine Beobachtungen über zwei Monate hin registrierten keinen Bevölkerungszuwachs: die Verkehrsmittel wurden nicht voller als sie es ohnehin gewesen, auch die Lokale nicht und nicht die Läden, nicht Theater noch Kinos.

Trotz negativer Erfahrung entschloß ich mich, doch noch einmal meinen Nachbarn zu stellen und ihn über dieses

Phänomen zu befragen: ob er eine Erklärung dafür habe, aber als ich ihn nach Dienstschluß vor seiner Wohnung erwartete, wich er der klaren Antwort aus, zuckte die Achseln, umgab sich mit Handbewegungen, die Ungewißheit andeuten sollten: flatternder Vogel, den ich hielt, erschrocken, erschrekkend, bis ich ihn freiließ und er davonhuschte. Er wußte nichts, ich wußte nichts; vermutlich wußte er nichts, da ich nichts wußte: auch unser Unwissen war identisch.

Ein einziges Mal noch wagte ich, meine Frage nach dem Verbleib individual-physiognomischer Personen zu stellen. In einem Lokal, wo ich alle Tische besetzt fand, und zwar alle mit mir, und ich nach einem Platz spähte und feststellte: da hinten in der Ecke war nur noch ein einziger Nichtich, allein vor einem leeren Tischtuch. Ich hätte warten und mich zu mir setzen können, doch hatte ich ja längst entdeckt, daß die Gleichartigkeit sich nicht auf das Äußere beschränkte: meine Gedanken und Vorstellungen kamen mir aus jedem Ich entgegen. Gespräche entwickelten sich daher nicht mehr. Da man mit allen in allem übereinstimmte, ahnte man im voraus, was der andere, der kein anderer war, dachte, und kannte alle Antworten auf alle Fragen vorher, bis auf eine geringfügige Ausnahme: die Uhrzeit, das Datum, und falls man das Fenster im Rücken hatte – das Wetter.

Schon im Hinsetzen merkte ich, daß etwas Ungewöhnliches vorging. Die Atmosphäre änderte sich spürbar, und mich umblickend, erkannte ich, daß ich selber die Aufregung verursachte: alle Augen wandten sich mir zu, wandten sich ab, wurden niedergeschlagen, hinter Brillen versteckt, indigniert zur Decke aufgeschlagen, empört verdreht oder beleidigt geschlossen. Mein Gegenüber spielte nervös mit dem Besteck. Um den Dialog zu beginnen fragte ich ihn nach Uhrzeit, Datum, Wetter, erhielt jedoch nur höchst einsilbige Antworten. Dann konnte ich nicht mehr an mich halten und bat, mir zu erklären, wo die Leute geblieben wären, die mir nicht glichen.

Er sah mich für einen Moment fassungslos an, irisierendes Dunkel zwischen den Wimpern, die Pupillen wie zerlaufen, indem er Messer und Gabel ganz sacht übereinanderlegte. Bevor er irgendetwas erwidern konnte, stand ich als Kellnerin neben ihm und legte ihm die Rechnung vor: Sie wollten doch zahlen, nicht wahr?! Er gab mir ein paar Münzen, stand schweigend auf, um an abweisenden Rücken vorbei den Ausgang zu erreichen. Während er durch die Schwingtür verschwand, kam ein Trupp junger Selbste herein, die, da mein Tisch jetzt bis auf mich leer war, neben mir und mir gegenüber die Stühle hervorzogen und sich grußlos setzten. Sie ließen die Speisekarte herumwandern, redeten über Uhrzeit, Datum und Wetter, wobei sie so taten, als wüßten sie nicht ganz genau, daß es Mittwoch, der 19. November, 12 Uhr 45 sei und draußen gnadenloser Sonnenschein.

Respektvoll bestaunt, sprachen sie ernst und tief über ernste und tiefe Dinge. Ihre Klugheit und Weltgewandtheit schien einmalig. Ihre Größe erdrückte. Ihre Werke waren fast in aller Munde, ihre Kunstfertigkeit berühmt. Ihre weithin bekannten Namen dröhnten wie Schläge an erzene Tafeln.

Aber während man sie anschaute, veränderten sie sich auf unbestimmte Weise. Ihre ernsten tiefen Worte klangen erst leer, dann hohl, und zuletzt hörte man, daß sie eigentlich über nichts anderes sprachen als über sich selbst. Ihre Klugheit reichte hin, für kürzere Dauer Klugheit vorzuschützen, und ihre Weltgewandtheit ähnelte bald bestürzend dem Gebaren eines alten Verkäufers, der fleckige Ladenhüter anpreist. Ihre Kunstfertigkeit bestand hauptsächlich darin, den Anschein zu erwecken, sie hätten die Wahrheit ausgesprochen, die sie in Wahrheit verschwiegen.

Geraschel im verdorrten Laub. Gedöns aus gesprungenen Fässern. Wenn sie einander die Hand reichten, taten sie es in Handschuhen, damit dem jeweils anderen nicht der eigene Fingerabdruck in die Hand fiele: zu gefährlich.

Gekrümmte Gestalten, die sich in zunehmender Zeitlupe wanden, in eigenartigen Verrenkungen erstarrten, schlangenlose laokoonische Gartenzwerge, die mit letztem dumpfen Laut noch ihre schiefe Art anpriesen, bevor sie völlig zu Stein wurden, zu Denkmälern ihrer selbst, überall im Wege stehend, auf dem es sich besser ginge, zerschlüge man zu Schotter, was ehrfürchtig umhegt wird von den ehrsamen Furchthegern.

Die unzähligen Hufe der unzähligen Pferde trommelten auf der weiten Fläche der Prärie: das war. Endlose Horizonte, die sich gegen Abend grün färbten, dekoriert mit den Eissplittern der Sterne, deren Helligkeit trunken schwankte: das ist gewesen. Am Lagerfeuer, den Blick in die fleißige, lebende Flamme gerichtet, eine Hand am Gewehrkolben oder am Griff der Streitaxt: das liegt hinter uns und ist abgelöst von Umständen, denen wir unser indianisches Tun anpassen mußten. Hinter dem Schreibtisch raucht man hin und wieder heimlich das Kalumet, wenn in den Büros Pause ausgerufen ist, doch wandert die duftende Pfeife nicht wie früher im Stammeskreis von Hand zu Hand. Selbst die Marterpfähle sind dem Anblick der Öffentlichkeit entzogen, so daß ein indianisch gesonnenes Publikum auf das Vergnügen verzichten muß, das der Anblick eines fachgerecht aufgeschlitzten oder geschundenen Feindes bietet. Kaum noch wird in freier Wildbahn Jagd auf Fremde mit anschließender Skalpierung derselben geübt: das ist gänzlich in die Hände von Fachleuten übergegangen, bei denen man einfach eine Bestellung auf eine Anzahl Skalpe aufgibt, um dieselben nach wenigen Tagen hygienisch verpackt und körperfrisch geliefert zu bekommen. Obwohl die indianische Lebensweise andauert, kann nicht länger übersehen werden, daß sich ein eigentümliches Unbehagen ausbreitet, sogar unter den Skalpjägern und den Squaws, den schlangenschwenkenden und tanzenden Medizinmännern, und selbst unter Häuptlingen, denen plötzlich alles Indianertum barbarisch erscheint, da es sich nun nicht mehr in der Prärie vollzieht, unter den grünen Horizonten, den Flackersternen und am anheimelnden Lagerfeuer, in dessen Glut einst die Träume tanzten.

Als ich in jenes bekannte Land kam, wußte ich wenig Genaues über den Kopfwechsel. In den Zeitungen meiner Heimat hatte ich darüber gelesen, der Eindruck vor etwas Grausigem war daraus entstanden, doch nun, da ich mich in einem Land des Kopfwechsels befand, war ich enttäuscht. Heulen und Zähneklappern hatte ich erwartet, die Schreie der zur Köpfung Geführten, den jammervollen Anblick derer, denen man einen neuen Kopf angeflickt hatte – nichts dergleichen begegnete mir.
Ein Land, so schien es, wie alle anderen. Nur daß ein großer Teil der Einwohner, offensichtlich die Mehrheit, einen feinen roten Streifen um den Hals trug, als sei er mit einem Farbstift gezogen worden. In einem Lokal der Hauptstadt, wo ich mich, weil auf Durchreise, nur einen Tag aufhalten durfte, konnte ich in aller Ruhe und aus nächster Nähe die rotberingten Hälse mustern. Der rote Streifen erwies sich als schmale Narbe, als unauffälliges Zeichen des gelungenen Heilungsprozesses. Zum ersten Male, und das verursachte ein eigentümliches Gefühl, erblickte ich Menschen, denen man den alten Kopf abgeschnitten und einen neuen aufgepfropft hatte: bewundernswerte Leistung einer Chirurgie, von der alle anderen Nationen nur lernen könnten.
Ohne weiteres gelang es mir, mit einem dieser Menschen, da er an meinem Tisch Platz nahm, ins Gespräch zu kommen. Radebrechend und gestikulierend machte er mir klar, wie man ihn von seinem alten unzufriedenen angstvollen und häufig von unsinnigen Träumen erfüllten Kopf befreit habe. Als ich mich nach dem *Warum* dieser Maßnahme erkundigte, meinte er bloß, sein Buchstabe sei eben an der Reihe gewesen. Auf diesen Umstand nicht näher eingehend, begann er sogleich seinen neuen Kopf zu loben, mit dem er sich jetzt vierundzwanzig Stunden täglich wohl fühle. Er sei äußerst zufrieden, ja, glücklich, wolle er sogar meinen, und wünsche sich kein anderes Leben und vor allen Dingen: nie wieder einen anderen Kopf. Bereitwillig erzählte er, daß sein neuer Kopf, wie alle neuen Köpfe überhaupt, keineswegs auf mörderische Art besorgt würden (Gerüchte über Kopfjägerei

wären böswillige Verleumdungen), sondern einfach Zuchtexemplare seien, die in großen bio-chemischen Plantagen auf speziellen Nährböden wüchsen und dort auf humanitäre Weise geerntet würden. Nicht etwa mit einer Sense, beileibe nicht!: er lachte laut auf bei dem Gedanken: Und der Kopfwechsel geschähe sogar kostenlos – so großzügig sei man hierzulande!

Nach einem ganz ausgezeichneten Essen trank ich an der Bar des Restaurants noch einen Kognak, doch bevor ich fortgehen konnte, hielt mich ein leicht angetrunkener Mann am Ärmel fest: in meiner Muttersprache lud er mich so herzlich und zugleich so dringlich zu einem gemeinsamen Trunk ein, daß ich die Einladung nicht ablehnen mochte. Auch seinen Hals zierte der Streifen, und als er meinen Blick bemerkte, kicherte er und verbeugte sich schwankend: Er sei Hauptchirurg – in des Wortes wahrster Bedeutung. Und ob ich vielleicht einen anderen Kopf haben wolle, er hätte ein paar ausgesuchte Exemplare auf Lager! Auch er lachte lärmend, als er mein Entsetzen bemerkte, und schlug mir kräftig auf die Schulter. Ziemlich hastig leerte ich mein Glas. Er, der Chirurg, fröhlich und höflich, wollte mich, den Ausländer, zum Wagen begleiten, doch zu diesem Zwecke mußte ich erst ihm vom Hocker helfen. Er stützte sich schwer auf mich, rutschte halb an mir ab und hing an meinem Arm. Dabei mußte ich unwillkürlich mit dem Ärmel über seinen Hals hinweggestreift sein, denn ich erkannte verblüfft, daß der rote Streifen teilweise fehlte: er war tatsächlich abgewischt. Bei ihm war die kreisrunde Narbe nur aufgeschminkt. Der Chirurg hatte seinen alten Kopf auf.

Trotz seiner Trunkenheit spürte er mein Staunen, machte sich los und versuchte in den Spiegel hinter der Bar zu schauen. Dann wandte er sich erneut zu mir, wobei er nüchterner geworden schien. Er schlug sofort den Kragen seiner Jacke hoch und legte einen zerknüllten Geldschein auf die Bar, ehe er zur Tür ging. Dort zögerte er einen Moment und zuckte die Achseln, als wäre es ihm eigentlich gleichgültig, daß er mir verraten hatte, was nicht allein ihm anvertraut war: Daß man, um anderen neue Köpfe zu verpassen, den eigenen fest auf den Schultern behalten muß. Gleich darauf war er verschwunden, während ich später die ganze Fahrt hindurch überlegte, ob ich nun wirklich mit meinem Ärmel über seinen Hals gewischt hatte oder vielleicht er mit seinem Hals über meinen Ärmel.

ZUFRIEDENHEIT

Es handelt sich gewiß um eine bedeutende Erkrankung, denn die Ärzte am Bett des Patienten setzen ihre allerernstesten Ärztegesichter auf: Es muß operiert werden!
Das linke Bein. Nein, das rechte. Der Streit endet erst, als man sich einigt, sicherheitshalber beide Beine zu amputieren. Narkose bitte. Später fühlt der Patient eine gewisse Erleichterung, die aber nicht vorhält. Schon stehen sie erneut um sein Lager: Das Blutbild wäre häßlich. Ein Arm müsse ab. Und diesmal herrscht Einigkeit: der rechte soll es sein.
Und weil man so gut im Zug des Operierens und weil der Patient von besonders schöner und tiefer Bewußtlosigkeit ist, entfernt man ihm prophylaktisch die Geschlechtsteile, beide Ohren und die Haare von der Brust samt ihren Wurzeln. Der zweite stellvertretende Chefchirurg schlägt vor, bei dieser günstigen Gelegenheit noch die Schädeldecke wegzunehmen, dringt aber nicht durch.
Als der Patient nach Tagen erwacht, findet er sich als Rumpf wieder, an dem oben der Kopf sitzt und an der linken Schulter ein Arm nebst Hand, von welcher der dritte Unterassistent unbemerkt vier Finger abgetrennt hat. Der kleine Finger ist als einziger übriggeblieben.
Mit diesem tastet der Patient sein Gesicht ab; zuerst die Augen (der Augenarzt war in Urlaub), dann die Nase, die Lippen, die Zähne, die Zunge und kehrt zur Nase zurück. Diese wird mit der empfindsamen Kuppe von außen befühlt und vor allem von innen und das dazu mit bohrender Drehung.
Als die Ärzte wieder erscheinen, liegt der Patient still und ruhig da, den kleinen Finger in genüßlicher Bewegung, strahlend vor Zufriedenheit. Man findet: Die Operation ist vortrefflich gelungen.

ZIRKUSWESEN

Kaum hatte die Vorstellung begonnen, ertönte ein einstimmiger Entsetzensschrei des Publikums: Der Dompteur war über seinen schönsten Königstiger hergefallen und hatte sich in dessen Nacken verbissen. Als sich die Besucher hastig aus dem Zelt drängten, gab das Tier schon kein Lebenszeichen mehr von sich. Die anderen Gefleckten, Gestreiften und Geringelten preßten sich mit eingezogenen Schwänzen ans Gitter und heulten auf, als sich der Dompteur erhob, um sich auf die Tür des Käfigs zu stürzen, in dem er seine Attraktion vorführte.

Die metallnen Stäbe flogen auseinander, und er stürmte ins Freie. Unaufhaltsam stampfte er in seinen hohen schwarzen Stiefeln sporenklirrend auf die Straße und durch sie. »Der Dompteur ist los! Der Dompteur ist los!« ächzte es von Haus zu Haus. Er selber aber schrie und dröhnte und donnerte durch die Gassen, knallte mit der Peitsche und schnalzte mit den Fingern, daß niemand davon verschont ward. Seinen Weg säumten auf Händen stehende kinderreiche Straßenbahnschaffnerinnen, auf Wäscheleinen balacierende Hauswarte, oder in strammer Haltung gelähmte Feuerwehrleute, die erst seinetwegen und dann vor ihm ausgerückt waren.

Bei jedem Peitschenknall sprangen Großväter in ihren Stuben keuchend auf den Tisch oder auf den Ofen, wo sie mit angewinkelten Armen hocken blieben.

Der Dompteur ist los, der Dompteur ist los! Angst und Schrecken und erstaunliche, eilfertig ausgeführte Dressurleistungen griffen immer weiter um sich. Auf ihren Stühlen in ihren Wohnungen kauerten die Bewohner der Stadt, auf den Peitschenknall lauernd, der ihnen erlaubte, zu Boden zu springen und knurrend und murrend in die Küche oder ins Bett zu schleichen.

Endlich, drei Abende später, gelang es, den Dompteur einzufangen und zum Bürgermeister zu machen; seitdem herrschte im Ort wieder Ruhe und Ordnung. Und ein ganz unglaublicher Aufschwung des Zirkuswesens ließ sich nicht länger leugnen.

In einem dieser alten Häuser, in einer dieser anheimelnd dämmrigen Höhlen, wie sie um die Jahrhundertwende gebaut wurden, und in deren Treppenhäusern es von Mord und Notzucht und ungezählten Kohlgerichten raunte, wohnte Herr Metzenwetzler, bekannt in seiner Straße als »Der fliegende Mensch«.
Doch schon hinter der nächsten Kreuzung, über die nächste Querstraße hinweg, kannte den alten Mann keiner mehr. Man sah ihn den ganzen Tag am Fenster sitzen und hinunterblicken aufs Pflaster, das mit kreidebleichen kinderplumpen Fratzen zu ihm aufglotzte. Oder er starrte zum Himmel hoch, der ihm nichts zu sagen hatte, denn Metzenwetzler senkte bald wieder den Kopf, resigniert und bewachsen mit gelblichweißem Gefussel, welches Haar darstellte.
Kein Besucher des Alten blieb von dessen Schicksalsbericht verschont: Ja, er konnte fliegen. In seiner Jugend hatte er überraschend diese Fähigkeit entdeckt, als er während einer Theateraufführung merkte, er schwebe unter der Decke des Zuschauerraumes, indes die Schauspieler zu ihm aufsahen. Dieser Vorfall bereitete ihm damals großen Ärger. Später trug er Schuhe mit Bleieinlagen, um nicht unangenehm aufzufallen. Keine Behörde hat Leute gern, die aus dem amtlich festgelegten Rahmen flattern, weil sie damit die Allgemeingültigkeit gesetzlicher Normen zerstören.
So wagte er, Metzenwetzler, es nur manchmal noch und abends hinter verhängten Scheiben im verschlossenen Zimmer umherzuschwirren, wobei er sich das Haupt blutig stieß, bis er es endgültig aufgab; einige vergilbte Fotos, Amateuraufnahmen, ohne Blitzlicht gemacht, bewiesen seine Worte.
Heute bestehe eine andere Einstellung fliegenden Menschen gegenüber, eine vielleicht großzügigere, vielleicht bloß gleichgültigere, erlaube es jetzt, sich ungestraft in die Luft zu erheben, und zwar ungefähr so: Der alte Mann schloß die Augen, seine Miene verkrampfte sich vor Anstrengung, das Gesicht lief rot an, wobei Keuchen aus seinem offenen Mund drang und ein erregtes: »Sehen Sie! Sehen Sie!« – obwohl sein

Körper nach wie vor eingesunken im Sessel hockte. Öffnete er wieder die Augen, lächelte er stolz, weil ihn, wie er glaubte, die lange unterdrückte Fähigkeit nicht verlassen habe. Nur ein wenig Training fehle ihm. Und kein Besucher wagte es, dem Alten zu widersprechen, sondern lobte lauthals seine Flugkunst.

Eines Tages jedoch mußte ein fremder Irgendjemand an Metzenwetzlers Aufstiegsvermögen gezweifelt haben, denn der Greis erschien zornig gestikulierend auf seinem Fensterbrett und drohte wild ins Zimmer zurück, wo anscheinend der Wahrheitsfanatiker den Beweis erwartete. Danach war in der Straße niemand mehr recht froh; am unglücklichsten war der Hauswart, der die Steinplatten vor dem Haus vom Blut reinigen mußte, weil er sie erst am selben Tag geputzt hatte. Wer bezahlte die doppelte Arbeit?

Eigentlich richtig gleichgültig blieben nur die gen Himmel gerichteten leeren Fratzen aus Kreide.

MAXIMALER GLANZ

Alles ist verchromt, sogar die Geschlechtsteile. Den ganzen Tag putzen wir daran herum. Was für ein Blinken und Blitzen, stetes Sonnenbrillentragen erzwingend, um nicht Polyphems Schicksal erleiden zu müssen. Mit weichen Tüchern werden die Oberflächen abgewischt und abgerieben; ein Hauch von Rost, etwa auf dem Bein des Großvaters, jagt die Familie in Panik. »Sidolin« oder »Elsterglanz« her, das Bein auf den verchromten Tisch, aus der verchromten Flasche einige Tropfen auf die Schandstelle, und schon, umgeben von der ganzen verchromten Sippe, beginnt der Großvater wieder zu strahlen. Korrosion heißt der Feind, der seine Agenten Regen und Nebel, Schnee und Tau in unsere weithin glänzende Heimat schleust. Gegen ihn hilft nur eifriges Polieren und die Hoffnung auf seine endgültige Niederlage und Umwandlung in Putzwatte.

VERLANGEN

Während der Wagen fährt, möge eine bestimmte Speiche im linken hinteren Rad stets aufrecht bleiben: Dadurch sei besseres Vorwärtskommen gewährleistet. Doch für die Gewährleistung hätten die Passagiere selber zu sorgen.
Wie das zu Wege bringen?
Verstört zerbrechen die Fahrgäste sich und einander die Köpfe und ohne Erfolg und werfen die leeren Hirnschalen zum Fenster hinaus, so daß die eisenbebänderten Rundungen darüber hinwegknirschen. Die ausgerauften Haare des Kutschers und seine Verzweiflung verflattern im Wind. Bereitwilligkeit herrscht, das Unmögliche zu machen, wäre es bloß nicht so unmöglich. Das erzeugt Hilflosigkeit bei allen, die gewohnt sind, von sich selber nur das Mögliche zu fordern, und denen nun kein anderer Ausweg bleibt, das Unmögliche als erfüllt vorzutäuschen:
Indem einer aus dem rückwärtigen Fenster gebaumelt wird, der vor das rollende Rad einen kurzen runden Stab hält und so halb ohnmächtig eine unbewegliche Speiche markiert. Die Überzeugung von der feststehenden Speiche bei denen zu schaffen, die den Wagen vorbeipoltern sehen, dürfte schwieriger sein, wenn nicht überhaupt ganz und gar aussichtslos.

Jeden Morgen treten sie vor die Tür: Vater, Mutter, Sohn und Schwiegertochter und legen die Hände schirmend über ihre acht Augen, als blende sie die noch gar nicht aufgegangene Sonne. Doch wenn diese erst einmal über den Horizont hoch ist, haben die vier längst ihren Wachtposten vorm Haus verlassen, um zu arbeiten oder zumindest sich den Anschein zu geben. Nach jedem Beilhieb hebt der Vater lauschend den Kopf, ob da nicht ein Trittgeräusch gewesen, ein Sohlenknarren, ein verlegenes Hüsteln, ein stilles Greinen, das er unbeabsichtigt mit dem Axtgeräusch übertönt hätte. Der Oberkörper des Sohnes erscheint immer wieder in dieser und jener Dachluke, weit hinausgereckt bis zum Nabel, eine Art menschliches Periskop, damit ja nicht der Moment verpaßt werde, wo der Heimkehrende durchs stets offene Hoftor stolpert und seligen Schrittes über den festgestampften Lehmboden wankt, Tränen des Glücks vergießend, in den Staub zu fallen und die Heimaterde zu küssen, umgeben von Großvater, Vater, Mutter und Großmutter, einigen Ziegen und Schweinen und etwas Geflügel.
Worte um Worte aus vier Mündern malen Abend um Abend die Szene bunter und bunter aus: seit Jahren. Zuerst war man entschlossen, ein Exempel zu statuieren, den verlumpten Rückzügler in den Stall zu sperren, auf Lebenszeit etwa oder wenigstens auf vier Wochen, zumindest ein, zwei Stunden, Strafe muß sein, wo kommen wir hin, wenn jeder Enkel weglaufen wollte, bloß weil er nicht Vater und Großvater werden will, nicht auf Großmutter liegen, nicht auf der Mutter, nicht zwischen Schweinen und Ziegen, also aus purem Trotz und anderen niedrigen Beweggründen: ob man ihn nicht doch in den Schweinekoben auf ein Jahrzehnt, sobald man seiner habhaft geworden, wann wird man das bloß, darauf richtet sich alles Interesse und alles Mühen im zunehmenden Verfall des Gehöftes, in das kein verlorener Enkel zurückkehrt, weil das melodiöse Klirren das Gewicht der Ketten dem nicht aufwiegt, der sie einmal abgestreift hat.

VORSCHLAG

Vorschlag für eine ganz kurze Kurzgeschichte, die zeitlich nach dem ersten Drittel des zwanzigsten Jahrhunderts anzusiedeln wäre und deren Handlungsort ein Dampfbad sein könnte, russisch-römisch oder türkisch spielt keine entscheidende Rolle; selbst wenn man den Schauplatz »Dampfbad« aufgäbe, verlöre man nichts vom Kern der Erzählung, welcher durch alle Kulissen sichtbar würde: Dampfbad also nur des komischen Kontrastes wegen. Dadrinnen jedenfalls fällt ein nackter Mann in Ohnmacht, als durch die wallenden heißen Wolken zwei Herren auf ihn zukommen, von denen der eine sagt: Der da ist es!
In einem Nebenraum kommt er wieder zu sich. Man gießt kaltes Wasser über ihn. Zitternd, wohl des eisigen Gusses wegen, springt er auf, und man macht ihm klar: Er wäre der hunderttausendste Besucher dieses griechisch-römisch-russisch-türkischen Dampfbades; er habe damit ein Stück Seife und eine Bürste gewonnen! Da fällt er erneut in Ohnmacht.

Denkbar auch etwas wie eine kürzere Erzählung von einem Mann, hier beiläufig mit dem Buchstaben A. bezeichnet, der einem andern, natürlich B., den er gar nicht kennt, von dem er nicht gekannt wird, bei einem flüchtigen Treffen irgendwo, vielleicht beim Warten auf die Straßenbahn, von seinen körperlichen Gebrechen berichtet: Wissen Sie, immer wenn ich das Bein *so* anhebe, spüre ich einen Druck *hier*, der sich bis zur Blase fortsetzt, wodurch ein enormer Drang zur Entleerung entsteht, den ich nur verhindern kann, indem ich einen Faustdruck auf mein Zwerchfell ausübe; kennen Sie das auch? Nein? Nach der vierten Operation, *hier* und auch *hier* wurden die Rippen durchgetrennt, das soll geknackt haben, sage ich Ihnen, die Narkoseschwester hat es mir später berichtet, als ich am Tropf hing -- Und so weiter und so fort, bis der zuhörende B., als die Straßenbahn endlich um die Ecke biegt, nicht einsteigen kann, weil ihm so übel ist und er außerdem, im Moment, da er das Bein zum Trittbrett heben will, plötzlich einen ungewohnten Entleerungsdrang empfindet, sogleich auf sein Zwerchfell drückt, wodurch die Entleerung augenblicks eintritt, während er durch die Scheibe des Wagens hineinschaut, wo A. gestikulierend auf seine Sitznachbarin einredet. Denkbar, daß dies eine wahre Geschichte wäre. Zumindest die Lust, von seinen eigenen Leiden zu sprechen, so daß sie dem andern Unlust bereiten, nicht etwa Mitgefühl, ist eine Wahrheit, freilich bloß eine menschliche und daher für größere historische Bezugssysteme ungeeignet.

Als wir es erhielten, war es schon ziemlich ausgewachsen, nur das Fell trug hier und dort Färbungen von Jugendlichkeit, was aber bald verging. Morgens nach Sonnenaufgang begann es gleich zu tirilieren, bis es sein Futter bekam, dann schmatzte es durchdringend, brummte zufrieden, schnurrte und schnarchte und trottete gemächlich schnüffelnd durch die Zimmer, falls es sich nicht zu einem Schlummer auf die Gardinenstange zurückzog. Manchmal rollte es sich auch in einem Sessel zusammen, und man mußte achtgeben, beim Hinsetzen die scharfen Stacheln zu vermeiden. Spuren seiner Krallen zeigten sich im Laufe von Monaten an allen Möbeln: insbesonders rings um die Schubladengriffe: es war eben neugierig. Doch es war auch scheu und manchmal von einer geradezu lächerlichen Ängstlichkeit, sobald ein Fremder in seinem Gesichtskreis auftauchte – gleich flatterte es zitternd davon oder es schlängelte sich hinter den Ofen, um den herum die Tapete schon stark abgeschabt von seinen Schuppen war: Merkmal der Häufigkeit seiner Furcht. Aber es beruhigte sich immer wieder bald.
Hatte es ein Glas zuviel getrunken, wurde es sogar recht kühn und krähte durchdringend, bis es sich weinend unter dem Tisch wälzte und getröstet werden mußte. Seine Gelehrsamkeit setzte jeden in Erstaunen: es balancierte auf der Balkonbrüstung, daß es einem den Atem verschlug, jonglierte mit Tennisbällen und Kaffeetassen und telefonierte völlig selbständig. Dagegen war es nur schwer zu regelmäßiger Arbeit zu bewegen. Leider ging das nicht ohne den Gebrauch der Peitsche unsererseits und seinerseits nicht ohne Aufbietung vieler Tränen ab, ehe es sich bequemte, nützlich zu sein. An Wochenanfängen kam es ab und zu zu Rückfällen, es mußte von der Lampe geholt werden oder unter dem Sofa hervor, häufig beides nacheinander, damit es sich knurrend seiner Tätigkeit widmete. Mit der Zeit gewöhnte es sich daran und entwickelte sogar etwas Ehrgeiz, indem es bereits herumwirtschaftete, bevor wir aufgestanden waren: in der morgendlichen Finsternis funkelten seine Augen grünlich, es jubilierte und wieherte, so daß man ihm das Zuckerstückchen nicht versagen mochte.

Wir wollten noch ein Weibchen dazu anschaffen, nicht um eine Zucht anzulegen, sondern um seinen Arbeitseifer zu steigern, und um die Leistung überhaupt durch ein Pärchen zu verdoppeln. Sollte es dabei zur Fortpflanzung kommen, wir hätten nichts dagegen gehabt. So ein Kleines in seinem hellen Pelzchen ist zu niedlich, und später hätten die Felle schon einen schönen warmen Mantel ergeben: vom Fleisch ganz zu schweigen, das ungefähr dem des Kaninchens gleicht und ähnlich zubereitet wird: mit Speck, Wacholderbeeren, Piment, Knoblauch, Zwiebeln, Rotwein, jedoch erst nachdem die Arbeitsleistung endgültig nachgelassen hat. Ein Neues beschafft man sich ja immer wieder leicht, und wer die Anschaffungskosten scheut, dem sei geraten, zu früher Morgenstunde, da es noch nebelt und die Sonne gerade empor will, die waldige Umgebung aufzusuchen, wo eine wildlebende Sorte existiert, die man leicht überraschen und einfangen kann, indem man sich ihrem verträumten Blick als Freund nähert, wie ein alter Bekannter zutraulich grüßt und sie mit den Vorstellungen von einem zivilisierten Dasein von ihrem Schlafbaum lockt: einmal heruntergestiegen, sind sie ganz wehrlos für den Rest ihrer Zeit.

SCHLAF DER KATZEN

So gründlich abwesend und doch so aufmerksam dabei; zu Anfang häufig in einer halbmondförmigen Kontraktion, eine Pfote über dem geschlossenen behaarten Gesicht, kein Auge sichtbar, dann auf einmal lang und schlank ausgestreckt, den Leib, den Kopf auf der Seite, hin und wieder von einem Zucken bewegt, Merkmal unvorstellbaren Träumens. Nun wäre es ganz einfach, unter den pelzigen Körper zu greifen, der im Schlaf ein Vielfaches seines sonstigen Gewichts zu wiegen scheint, und ihn ansichzunehmen, ohne den Schlaf zu unterbrechen: dies täte eher ein kaum hörbares, uneindeutiges Geräusch, Ursache für den Sprung aus tiefster Insichselbstzurückgezogenheit heraus dem verlockenden Ton zu oder von ihm fort. Auch unser Leben hängt davon ab, daß wir im richtigen Moment aufwachen, aber das will nie recht gelingen. Erst nachdem man sich aufgerichtet hat, die Augen gerieben, gefrühstückt, den Bus bestiegen und im Büro seinen gewohnten Platz eingenommen, horcht man plötzlich auf, ob da nicht etwas gewesen ist, doch was immer es war, es blieb unbemerkt und bleibt es auch weiterhin bis zum Schluß.

So wie sie unerwünschten Liebkosungen ausweichen, durch unerwartetes Wegtauchen unter streichelnder Hand, so auch entzogen sie sich bisher jedem ernstlichen Beschriebenwerden. Einem Beschriebenwerden nicht im oberflächlichen Stile entzückten Besitzens, ablehnender Tierfeindschaft, sondern in Erkenntnis ihres Wesens, welches die Unbewegtheit ihrer völlig behaarten Gesichter verbirgt, unentschlüsselt im Blick ihrer glasklaren Augen steht. Um sie zu begreifen, muß ihr Schicksal berücksichtigt werden, das, in der Welt der Menschen, welche seit langem auch die ihre ist, von eben diesem Verhältnis bestimmt wird. Es erscheint, im Gegensatz zu Hunden, deren Beziehung, weil dienend, eindeutig ist, viel indirekter auf jene Gattung bezogen, die sich soweit von der gemeinsamen Herkunft entfernt hat. Das Katzenwesen entspricht ihrer Erscheinungsweise, derer sie sich nie und wir uns kaum bewußt sind. Es handelt sich ja eigentlich um gefährliche Tiere, harmlos nur durch ihre Kleinheit. Ihr Jagdinstinkt zeigt sich gegenüber dem Menschen als Spieltrieb. Der Mensch als Teilhaber der Wohnhöhle wird nur seiner enormen Größe wegen respektiert und nicht verjagt. Zusammenleben und gegenseitige Duldung, etwas wie Ko-Existenz zwischen zwei habituell gegensätzlichen Systemen, beruht auf unterschiedlichen körperlichen Ausmaßen, nicht auf Domestizierbarkeit des einen Partners oder auf Bedürfnis nach Raubtiergesellschaft des anderen. Angesichts der weichen, oben pelzigen, unterseitig warmen und lederartigen Pfote, von der man bittend oder fordernd berührt wird, keine Pranke, keine Tatze, ergibt sich ein Moment von parabolischem Charakter, Vorstellung von einem Zoocon, dessen Lebensäußerungen durch Vergrößern tödlich würden, durch die bekannte Minimalität jedoch liebenswert und erheiternd bleiben. Wir ahnen im Spiel mit den zwergenhaften Bestien die uns betreffende Umkehrung, die lässige Hand jener, über uns gesetzt durch Eigenmacht, erhöht, um uns zu erniedrigen, und denen wir, als wären sie Giganten statt unseresgleichen, als leicht lenkbare Geschöpfe gelten, vorausgesetzt unsere Reaktionen werden beachtet, unser Verstand nicht überfordert, unser Napf nicht leergelassen.

BEHAGEN I

Das Behagen ist scheinhaft. Eine dünne Kruste über einem See von Plagen. Zarter Schorf über einer tiefen Wunde. Abhängigkeiten: zu viele. Ob in Kamschatka die Geduld meiner fernen Zeitgenossen ungetrübt bleibt oder nicht, beeinträchtigt meine Balance. Eine schlechte Ernte, was bedeutet: eine noch schlechtere als gewöhnlich, und es geschieht, daß die Kartoffelkäfer und Kohlweißlinge in der Gestalt von Menschen eruiert und zur Rechenschaft gezogen werden: Hat man sich nicht selber bereits durch auffälliges Dahinkriechen, durch ein unbedachtes Flattern verdächtig gemacht?
Was gestern passierte, kann sich morgen wiederholen. Den Ersten unter Ungleichen bedroht ständig Verfolgungswahn, und das Mysterium besteht darin, daß nicht jeder von Jenen ihm erliegt. Völker sind so leicht ausgerottet: vielleicht bedingt das die Vorsicht, denn über wen herrschen, wenn alle verbannt sind? Das ist eine der Fragen, von denen Brecht meinte, sie sei gänzlich ungeklärt, aber was er nicht wußte: sie bleibt es auch. Solange sie nicht gestellt werden kann. Solange darf sich stattdessen wohlfühlen, wer will, und wem das sachte Versteinern von Menschen eine Festigung der Verhältnisse bedeutet.

BEHAGEN II

Von einem gewissen Behagen zu berichten, fiele den meisten schwer, da sie einfach nicht wissen, wo es sich aufhält und wo sie es finden könnten, aus völligem Mangel an nötiger topographischer Kenntnis. Dabei befindet es sich doch ganz deutlich innerhalb jenes kleinen Zimmers, wo die Tapeten bereits teils verblichen, teils von den Wänden abgelöst sind, einige wenige Möbelstücke, vermutlich aus Eiche, den Staub tragen und das Glas der Scheiben kaum noch durchsichtig ist, das Papier der vielen alten Zeitschriften seit langem vergilbt. Die Schwierigkeit, Behagen auch wirklich zu erreichen, besteht darin, daß besagtes Zimmer, von dem wir immerhin eine Vorstellung haben, Teil eines unbewohnten, ja, sogar abgerissenen Wohnhauses ist, dessen Fundamente bereits überbaut wurden, was natürlich den Weg zu dem Zimmer einigermaßen erschwert, obwohl nicht gänzlich unmöglich macht. Es muß nur auf andre Weise als die übliche betreten werden. Das jedoch ist eine individuelle Angelegenheit, nichts für Reisegruppen oder Gemeinschaftsunternehmen. Das Behagen ist ja seiner Natur nach heimlich; darum sein besonderer Aufenthaltsort, der Widerstand gegen größere Menschenmengen, gegen die es sich durch Zurückgezogensein schützt. Es hat aber Zeichen gesetzt, sein Auffinden zu erleichtern; es sind Anweisungen verteilt, zufolge derer man sich die Augen verbinden möge, die Ohren verstopfen, und die Lippen für alle Zeiten mit Garn vernähen lassen solle.

BEGEGNUNG

Zehn Jahre und noch zehn. Mehr und mehr. Mindestens sechsmal die gleiche Anzahl, ehe du vor dem Angesicht der Nofretete erscheinen kannst, und wenn sie könnte, vor deinem Anblick, gebeugte Gestalt, krankes, schmutziges Fleisch unter dem alten Mantel versteckt, unter grauem Haar graue Gedanken, jeder von Dornen durchbohrt wegen der vergeblichen Lebensmüh, sie schlösse ihr einziges Auge auch noch. Obschon stumpf und sprachlos, merkst du gleich: Du kommst zu spät, mehr als sechzig oder sechshundert oder sonstviel Jahre. Nämlich immer.

AUSTREIBUNGSNOTWENDIGKEIT

Der Versucher erscheint stets verkleidet: einmal als Postbote mit einer Geldanweisung in der Hand, welche er mit unserem Herzblut quittiert haben will, ehe er aus seiner auffällig düsteren Tasche die Scheine zahlt; manchmal erscheint er als Pudel oder Pointer, als Spatz oder Katze, verweist auf sich und flüstert etwas von den Freuden animalischen Daseins: »Scheiß' auf die Straße oder auf sonst einen zivilisatorischen Unfug und geh' erleichtert davon!« Apage Satanas!
Häufig kommt er aluminiumverkleidet am Horizont auf und fliegt über unser hilfloses Haupt hinweg, reckt seine gewaltigen Flügel von sich und lädt uns zum Mitflug ein. Der Fürst der Welt bietet die Welt uns an, doch wir, unsicher, ach, eher schon ziemlich sicher über den Wert unserer sterblichen Psyche, halten sie als Fahrgeld für zu geringfügig. Luziferisch taucht er sogar im strahlenden Herbstlicht auf, um uns südwärts zu locken. (Ist ihm nicht selbst Goethe bis Capri gefolgt, wegen der Zusage einer gründlich verbuhlten Existenz, und der Erfolg, auch der literarische, bis ins Greisenalter, rührt er nicht daher?) Außerdem präsentiert er sich fernerhin in der Doppelgestalt weiblicher Schenkel, zwischen denen er befehlerisch hervorwinkt und zu sich einlädt. Er kennt alle Sehnsüchte, alles Verlangen und weiß, daß sie niemals befriedigt und auch nie zu befriedigen sind: dieses Wissen ist seine Waffe. Unsere reine Aufmerksamkeit, die wir auf die großen Werke zum Menschheitswohl richten, verunreinigt er, indem er trüben Seelensud dahineinfließen läßt und macht das ganz einfach dadurch, daß er sich in uns selber verwandelt, was wir jedoch gewöhnlich erst merken, nachdem man uns endgültig aus uns ausgetrieben hat.

ENGELSSCHAREN

Mit besseren Augen sähen wir sie überall. Zuhauf auf Dächern und Firsten, oder in Regenrinnen gelagert, wartend auf etwas, das nie kommt. Aus jedem Schrank, kaum geöffnet, fallen sie uns schon entgegen, ohne daß wir ihnen mit Schreck oder Betroffenheit begegneten: Höchstens weht ein Hauch, ein unerwarteter Luftzug uns an, ein Duft von Mottenpulver, von Staub. Aus jedem aufgeklappten Buch purzeln sie scharenweise heraus und uns zu Füßen, ihrer papiernen Heimat Vertriebene. Die allem Irdischen noch nicht ganz Entwöhnten umkreisen die Töpfe auf dem Herd, an den Gerüchen, welche einstmals ihre eigene Leiblichkeit zum Erhalt derselben angeregt, sich melancholisch zu ergötzen. Schon wer einen Schlüssel ins Schloß steckt, sollte sich fragen, ob er nicht dadurch einen Engel aus seinem Ruheplätzchen stößt. Wo sie doch so gänzlich wehrlos und nur bei uns sind, weil ihr eigentliches Refugium überfüllt ist. Sie müssen in Telefondrähten hausen, wo sie unsere Gespräche behindern; wo sie mit verstellter Stimme eine Amtsperson nachahmen oder ein Zeitzeichen. Sie verstopfen die Briefkästen, so daß sie nur unvollkommen geleert werden können, um späterhin Unterschlupf in den ledernen Bauchtaschen der Briefträger zu finden und mit jenen, die nur am wachsenden Gewicht merken, etwas ist nicht in Ordnung, die Treppen hinauf- und hinunterzuschwanken.
In gewissen alten Treppenhäusern ist ihre Ansammlung derart dicht, daß sie sich durch bestimmte Gerüche bemerkbar macht; eine Ähnlichkeit mit Kohl oder Moder ist nicht zu leugnen. Vor frischer Luft, vor Luftzug, ziehen sie sich in geschützte Winkel zurück, damit sie nicht weggeweht werden. Sonst verhalten sie sich meist still. Sie fürchten nichts als ihre eigene, ständig wachsende Zahl: Was, wenn sie keinen Platz mehr finden und gezwungen sind, ineinander zu wohnen und zu leben? Der Tag ist abzusehen, wo ihre nicht mehr schätzbare Menge die Qualität der Sichtbarkeit annimmt und ihre Masse eine dicke Schicht Gallerte bildet, die die ganze Erde bedeckt, von Pol zu Pol, von den Stätten der Zivilisation, den Städten, bis zu den unter ihnen verkümmernden Urwäldern, herkünftig aus unseren innigsten Himmeln.

Inmitten wo, umgeben von wem, dem oder jenem, das will überlegt sein, damit man nicht unvorbereitet betroffen wird. Es stellt sich die Frage, ob einsam, ob gemeinsam; letzteres wieder faltet sich auf zu vielfachen Möglichkeiten. So durch die Bombe, die eine, die als einzige diese Bezeichnung noch verdient; langsame Atompilzvergiftung; schnelles Veraschen und Wegwehen, vor dem man sich noch gegenseitig die Hand reichte, um unerwartet ineinander zu stäuben.

Oder hingemacht und zurechtgemacht als Brennholz auf Brennholz; nach gasigem Ersticken in Öfen gestapelt, damit sich das irdische Klima verändere. Und wahrhaftig: das tut es, man weiß es, und weiß, was der restlichen Rotte Mensch danach blüht. Kein Eden. Oder untergeschaufelt werden in stiller Talsenke: von gestern noch höflich grüßenden Nachbarn und einem gehörigen Teil der Maschinengewehrgarbe getroffen, sich vornüberneigen, beugen, krümmen über den Rand des Grabens, eigner Hand Produkt gar, schon vergessen vom Schützen und hinab in die Ewigkeit, die mit der Elle des Todes gemessen wird.

Doch sein kann auch, ziehen die Mächte sich friedlich aus ihren Affären, ein zum Stillstandkommen, verschränkt im Blech des benzinpferdigen Sarkophags nach rasender Fahrt: Baum, du hast mich bezwungen, aber was dir an Rinde jetzt fehlt, macht dich eingehen und dorthin, wohinein die Bäume nicht wachsen, wo mir der Eintritt verwehrt ist.

Wartet einer seine Zeit, heißt er Krebs; mikroskopischer Kannibale, der in den andern Kannibalen seßhaft wird, sich an ihnen zu delektieren, während sie selber noch umhergehen und missionieren, denn alle Kannibalen sind auch Missionare und bringen frohe Botschaft vom ungesühnten Schlachtfest und ihr Evangelium ist die Gebrauchsanweisung für Kreuzigungen.

Wartet ein ander nur kurz, heißt er Infarkt: Gebrochenes Herz des neunzehnten Jahrhunderts, Folge einer persönlich nicht zu bewältigenden Nachricht; einstmals beschrieben als heftiger Griff zur linken Brustseite hin, schmerzverzerrt, doch edel, Einkrampfen der Finger in den Stoff, der sich nach dem dumpfen Fall auf die Dielen wieder glättet.

Ungezählte Arten von erstaunlicher Vielfalt: die rasche, die sachte, die schmerzlose, die empfindungsreiche, die kriegerische, die mörderische, frisch-fromm-freie-friedliche, doch welche auch immer, es bleibt allerorts und jederzeit eine unabwendbare, die als Schnitter geht, der Tod heißt.
Aber der Tod ist mehr als ein gußeisernes Skelett, das trommelnd und nickend aus der Rathausuhr tritt, wenn seine Stunde heran ist. Er ist mehr als die Ziffer im Register. Er ist mehr als das Sterben, als der Prozeß zu ihm, als der Eintritt in seine Finsternis. Er ist das endgültige Vergessen inmitten des lebenden Irgendwo, umgeben von atmenden, rauschenden, schweigenden Sonstwem, dem oder jenem.

VON PLUTO HER

Die Nachricht von ihrer Landung kam erst nach ihrer Landung: Bewohner von Pluto soeben auf Erden eingetroffen!

Doch als wir höchst neugierig und freudig erregt, nicht länger allein durch die unauslotbaren Tiefen des Universums zu stürzen, die ersten Bildberichte erwarteten, wurde unsere Erwartung bitter enttäuscht. Die Plutoniden erwiesen sich, entsprechend ihrem Planeten, von dermaßen lockerer Konsistenz, daß sie gar nicht zu sehen waren: tausendmal weitmaschiger ihre molekulare Struktur als die unsere. Ihre Funksprüche hatten wir vor ihrer Ankunft aufgefangen, fixiert, studiert, doch nicht dechiffriert. Einzig durch das rasende Herannahen und Näherkommen von Sender und Signalen wurde klar, daß wir ihr Ziel wären.

Sie erschienen, ohne daß wir mit ihnen Kontakt aufnehmen konnten; und obgleich wir sie visuell nicht wahrnahmen, wurden Merkmale ihrer Anwesenheit deutlich. Es entstand beispielsweise die Hypothese, sie könnten sich beim Aufsetzen ihres Raumschiffes (das gleichfalls für uns nicht vorhanden) verletzt haben, weil sich in der Nähe des wahrscheinlichen Landeplatzes fremdartige Blutspuren fanden, schwach, aber immerhin: wie Krapplack und langsam verdunstend.

Von diesem Platz aus hatten sie sich bestimmt über alle Kontinente rasch verstreut, da vielerorts Verdächtiges auffiel: Ein unterdrücktes Schreien etwa, dessen genaue Herkunft nicht zu orten war, und das erst nach Stunden abklang, sich an anderen Stellen fast gleichartig wiederholte oder sogar gleichzeitig ertönte. Etwas wie gedämpfte Schüsse sei hier und dort zu hören gewesen. Im Ufersand sollen Schleifspuren entdeckt worden sein, als hätte irgendwer eine unbekannte Anzahl von Leichen ins Meer gezerrt. Jemand berichtete erschrocken, die halbe Nacht habe er vor seiner Tür ein erschütterndes Klagen und Wimmern vernommen, jedoch nicht den Mut gehabt, die Tür zu öffnen; gegen Morgen dann dumpfes Wüten, unverständliche Kommandos und Schläge, zumindest dem Geräusch nach, und endlich Stille. Oft glaubten Leute, vielfüßiges Trappeln und hastiges Hinundher-

laufen auf Dachböden und in leeren Kellerräumen festzustellen, begleitet von unmenschlichen, gewiß plutonischen Lauten.
Sicher ist nur, daß seit dem Tage der Ankunft fremder Wesen jene erwähnten Phänomene nicht mehr aufgehört haben, die zwar nicht exakt deutbar sind, jedoch das Schlimmste befürchten lassen. Wenn wir uns auch damit beruhigen, daß die Plutoniden mangels gleichartiger Materie nicht (oder noch nicht) an uns herankönnen, besteht doch weiterhin die von allen Anzeichen gestützte Mutmaßung, es geschehe direkt vor unseren Augen Grausiges, das wir weder aufhalten noch beenden können. Uns bleibt nichts anderes übrig, als uns an den Reflex des Schreckens zu gewöhnen, Blutflecken zu ignorieren und ein Todesröcheln einfach zu überhören.

DER TAUCHER

Schwer ist es, Arbeiten unter der Wasseroberfläche vornehmen zu müssen. Gar nicht zu sprechen von den Lichtverhältnissen, durch die man gehindert wird, seine Umgebung über einen vielleicht zehn Meter messenden Kreis hinaus erkennen zu können. Von diesem Kreis immer umgeben, schiebt man sich Schritt vor Schritt voran oder zur Seite. Dann tauchen aus dem farblosen, wogenden Gedämmer neue verschlungene Pflanzen auf, neue mattbunte Steine und ein neues Stück des immergleichen Sandes.
So wandelt man zeitlupenhaft über den Boden des Meeres, von den unsichtbaren Strömungen des tiefen Wassers gebeugt verbogen aufgereckt, ausgesetzt jeder Wallung und jedem Wirbel. Selten trifft man einen Fisch. Seltener einen anderen Menschen, der gleichfalls hier herabgesunken ist. Unmöglich ist es, solchen Begegnungen auszuweichen, der mitwandernde Kreis ist zu eng.
Taucht jemand aus dem graublauen Gebräu vor einem auf, ist es zu spät. Schweigend mustert man einander. Möglicherweise nickt man sich unmerklich zu, schwankend im steten Strömen und Ziehen. Traurig ist solches Treffen und nicht ohne Scham: so gesehen zu werden, hilflos und der früheren Kraft beraubt. Verschwindet lautlos der andere, tröstet es, wieder allein zu sein. Später erst wünscht man sich, er hätte verweilt. Schwer ist es, unter der Oberfläche zu arbeiten.

STRÖMUNGEN

In den tieferen Gewässern der Fantasie treiben Körper, weniger geometrisch als pathetisch-erotisch. Strömungen zerren Teile dorthin und dahin, so daß andere gezwungen werden, Einblicke in ihre pflanzenähnlichen Bezirke zu gestatten. Zwischen den Schenkeln antediluvialer Dimensionen residieren wulstige, doch zahnlose Mäuler und bitten sprachlos um eine milde Gabe: Bettlern gleich, nehmen sie, was sie bekommen: das ihre. Ihre Haare wallen wie die Fangarme von Seeanemonen; stählern glänzende Flossen streifen an ihnen vorüber, große unterseeische Tiere ziehen dahin, auf dem leichten Weg zum Aussterben und von niemandem aufgehalten. Masten richten sich empor von versinkenden Schiffen, umschlungen von Schnüren, von Takelage, aus Leinwand sich schälend, tiefer und tiefer hinab, wo zarter weicher Boden sie dringlich erwartet.

In den schwarzen Strömungen unter der Oberfläche verschlingen einander Bilder und Bilder: ihre ungeheuerliche Vielfalt tritt nie zutage: was hochkommt ist immer nur ärmlicher Abglanz, grau gewordener Stein, zu dem der verborgene Diamant ward.

Schwarzes Strömen zwischen Abend und Morgen, einziger Fluß wahrhafter Freiheit: vertraue ihm dich an, Treibgut, Strandgut, nutzloses Korn im Getriebe der Welt und dortselbst herzlich zermahlen. Tauche ein in deine innerste Flut, in das Geschiebe und Gemengsel uneindeutiger Vorstellungen, Zwitter und Kentauren, Sirenen und Harpyen oder wie die Synonyme für unsere Einbildungen hießen, damit ihr widersprüchlicher und ambivalenter Charakter sichtbar sei: Maldoror schwamm voran; ihm folgt, wer die eisige dünne Luft aus Milliarden Mündern nicht atmen kann; wer aus dem gleichen Schritt und Tritt der andern geriet; wem die Uhren statt einer wirklichen Zeit nur deren Zerstörung zeigen; wer auf das schwankende Floß aus Wörtern zu steigen wagt – um für eine Weile teilhaftig zu werden der Strömung, gewiegt und nicht gewogen, getragen, nicht betrogen, im Ohr den Donner der Katarakte, das Quirlen und Blubbern eines abgesaugten Elements, dessen Mangel weite Landstriche und Stadtstriche in Wüste verwandelt, in der kein Sandkorn das andere nach dem Sinn seiner Anwesenheit fragt.

GESCHICHTE

Nicht eigentlich die Schrift, gotische Lettern, steil und spitzwinklig, eher enthält der muffige Geruch des pergamentgebundenen Büttens die Vergangenheit. Das Parfüm des Gewesenen steigt aus den aufgeschlagenen Seiten und erinnert an etwas, woran es gar kein Erinnern geben kann. Atembeklemmende Ausdünstung eines ganz Fremden, aus der Gruft der Bibliothek emporgestiegen, die Materialisation eines Gespenstes, das auf dem Tisch unter deiner Nase Platz genommen hat und sein Innerstes preisgibt. Ein altes Buch ist mehr als ein Buch: es hat Zeit eingesogen und atmet sie jetzt wieder aus, abgestandene Zeit. Beuge dich über die Seiten, mit geschlossenen Augen, und inhaliere das Gift unwiederholbarer Gestrigkeit, das dein Bewußtsein erweitert um die Bilder zerstörter Städte, blutbesudelter Gestalten, prunkvoll und zerrissen, Schwären, Schmutz, verknäulte Nacktheit, Verlorenheit und Inbrunst; Vergangenheit, wo sie durch eine Substanz ihr Nachleben vorspiegeln kann, wird durch den Täuschungsakt wirklich zur Droge, deren Wirkung der anderer Drogen ähnelt, indem sie dem von ihr Erfaßten die Realität verändert und sie zum Nachschein des Vergangenen werden läßt.

AUFHÖREN DER GESCHICHTE I

Sobald die schrumpfenden Restbestände menschlicher Vergangenheit nicht länger zu erhalten sind, die generelle Zerstörung von Domen, Tempeln, Säulen, Karyatyden, Türklinken, Fensterkreuzen, Hufnägeln, Schnürsenkeln durch Versäuerung der Luft, durch Verätzung des Regens, fressenden Schwefel unseres Atems unaufhaltsam wird, verbleiben eines Tages nur noch Bücher in besonders gesicherten Räumen: die Bestände fragwürdiger Historiographie, deren Geltung noch eine Weile vorhalten mag, aber im Verlauf einer Generation werden alle diese Folianten durch ihr abstraktes Wesen apokryph. Ohne Bestätigung ihres Inhalts durch gegenständlichen Beleg verlieren sie unmerklich aber sicher die Glaubwürdigkeit und verwandeln sich für den Leser, der nichts nachprüfen kann, zu Sagen und Märchen, ausgedacht von Leuten, denen die ewige Dauer der Gegenwart zu langweilig wurde, und die solchermaßen der Menschheit etwas zur allgemeinen Unterhaltung andichteten: eben eine Geschichte, die nichts weiter ist als sie selber.

Vermutlich von Eingeborenen Deutschlands geflochten, der Korbsessel, in dem ich residiere, aber wann und aus welcher Gegend: keine Ahnung. Selbst meine Katze hat sich von irgendwoher eingefunden, vielleicht sogar aus Ägypten, so daß ich weder ihren Werdegang noch ihren Namen kenne. Fichten, Kiefern und der expansive Ahorn waren schon vor meinem Erscheinen da, auch das Haus, wo ich schlafe und esse und esse und schlafe, Tag für Tag, Nacht für Nacht; von den Wolken und Würmern ganz zu schweigen, weil sie von ewigem Bestand scheinen. Verschiedene Familienmitglieder habe ich nie getroffen, Stalin nicht und nicht seinen Enkel Marx, noch ihrer beider Vater, ich meine Ludwig den Vierzehnten. Durch die immer aufs neue mißlingenden Beziehungen der letzten Jahrhunderte untereinander, durch das Abschlagen von Köpfen und Armen, Fesseln der Hände, Festnageln der Füße auf nationalen Ebenen und dem wiederholten zwangsweisen Entzug des jeweiligen Bewußtseins, wurden die tragfähigeren Bindungen zerstört. Hier und dort ragen Pfeiler, an ehemalige, vielleicht nur projektierte Brükken erinnernd, aus dem versandenden Fluß der Zeit. In der Zeitung steht, wie glücklich wir sind, freilich in einer Sprache, deren Abkunft vom Molluskischen erschrockene Philologen ableugnen. Die paar Menschen unter uns reden daher durch die Blume, der besseren Verständigung wegen, und so erblühen aus unseren Mündern Worte, die zwar rasch verwelken, doch wenigstens ungiftig sind. Aber auf solche Weise wird unsere Authentizität immer fraglicher, so daß wir in Bälde nicht mehr mit uns rechnen können, und wer es dann immer noch tut, gibt sich dadurch als einer zu erkennen, der noch nicht gemerkt hat, was sich im Allgemeinen Besonderes mit ihm und uns ereignet hat.

Haltlos aus dem trockenen Sand; eine Ortschaft, recht groß, Berlin betitelt, jung und bedeutungslos am Anfang, alt und bedeutungslos am Ende; häufig uniformiert, zuletzt am tollsten: lauter scharfe Falten, grade Knicke, strenge Linien; Symbol für Symmetrie dazu, weil alles doppelt, alles unbrüderlich geteilt ist, alles ein Abbild der Gier und der Süchte, Eifersucht, Großmannssucht. Salvador Dali würde, falls überhaupt, sie über einem Abgrund schwebend darstellen: soweit ihr karges Dasein, geprägt vom sandigen Ursprung: durch die Straßen, kahle Bahnen, wird was hin- und herbewegt, mehr und mehr, und wer ihre Porträts von gestern kennt, entsetzt sich über die Leere in ihrem Gesicht, genannt »das schöne Antlitz unserer Hauptstadt« von einigen Blinden, die inzwischen Könige der Einäugigen geworden sind. Der Rest ist hoffnungslos: er wird bleiben, sich fernerhin erstrecken ins Vertikale und Horizontale, ohne jemals wieder ein Zentrum der Sehnsucht werden zu können, der einzigen Sucht, die sie jetzt verleugnet, und die doch einstmals ihr Lebensquell gewesen war.

Daß immer wieder Schatten darüber fällt, täglich, und die Stimme einer alten Frau im Rundfunk kichernd verkündet, sie habe dem Kaiser noch die Hand gegeben, das hört sich an und klingt wie eine Nachricht aus dem Imperium Romanum. Was für ein Volk, das deutsche, von dem wir weniger wissen als von den Pelasgern. An Sonntagen und aus Zufall suche ich manchmal einen von ihnen vor der Stadt auf; stets trifft man sie bei der Arbeit, Hämmern und Sägen, Mörteln und Nageln, freundlich und staubig, häufig eindeutig wächsern und vorübergehend vom Dienst in der ethnologischen Ausstellung befreit, aber warum sie Stein auf Stein fügen, dahingehend fehlt jede Erkenntnis. Wie andere Völker für Jagd oder Viehzucht berühmt gewesen, so sie für die Maurerei. Als bereite ihnen die ungehinderte Natürlichkeit einer Landschaft wahren Schmerz, ziehen sie ihr zumindest eine Mauer ein, ohne Hoffnung auf innere Heilung, gleichsam trostlos und um einen lang geübten, sinnlos gewordenen Brauch nicht zu verletzen. Ohne die falschen Symbole ihrer Öffentlichkeit sind sie sich selber völlig unbekannte, eigentümliche Leute, im Schatten der Geschichte daheim, den sie nur gezwungenermaßen verlassen, zu vergeblichen und blutdürstigen Exkursionen, welche man ihnen vordem nie zugetraut hat und danach immer wieder befürchtet. Die Schrift freilich haben sie nicht erfunden, trotz ihrer gegenteiligen Behauptung, das steht fest. Darum nämlich sind ihre Sätze auch so winklig und gebrochen, voller Frakturen, wie unvorsichtig ausgegrabenes versteinertes Gebein, beschädigt und durch einen unkundigen Restaurator oberflächlich zusammengefügt, an einem Sonntagvormitag vielleicht oder irgendwann sonst, wenn man, nach gutem Schlaf, zufällig beim Frühstück an Deutschland denkt.

Solche werden immer erschlagen; die Gewehrkolben stammen häufig aus der gleichen Fabrik, nur die Begründungen sind abweichend formuliert oder doch nicht abweichend, sondern nur mit andersgearteten Worten, das heißt, die Worte bezeichnen einander ähnliche Einbildungen, aber das besagt für die Erschlagenen gar nichts. Darum kehrt der Traum vom Überleben Rosa Luxemburgs immer wieder, mit niemand außer den üblichen Hotelgästen im »Eden«, keiner zerrt sie ins Auto, um bald darauf die Sterbende in den Landwehrkanal zu werfen, so daß sie später in der Lage ist, ins Ausland zu emigrieren, wo sie im Hotel »Lux« wohnt, damit sich, was ungeschehen geblieben wäre, endgültig vollzöge. Und dieser Traum ist einer, aus dem man trotz größter Mühe nicht erwachen kann.

PRESSEMELDUNG

Abel wurde tot aufgefunden. Jesus wurde tot aufgefunden. Auch Jan Hus, und zwar gleich urnengerecht zubereitet. Selbst Robespierre wurde tot aufgefunden. Tot aufgefunden wurden Sacco und Vanzetti. Erich Mühsam wurde und Carl von Ossietzky wurde und Ernst Thälmann ebenfalls. Selbst Isaak Babel ist so aufgefunden worden und Karl Radek und sogar Leo Davidovitsch Trotzki: rein zufällig im fernen Mexiko. Fernerhin tot aufgefunden: Malcolm X, Robert Blum, sechs Millionen Juden, Thomas Müntzer, Mata Hari, Martin Luther King und ein Kennedy sogar zweimal. Jede Meldung solcher Fundsache stimmt: sie stammt von Kain persönlich.

NACHRICHT ÜBER EINEN GEWISSEN H.

Daß er eines Nachts mit einer Fackel in der Hand durch Ephesos trabte und ungehindert den Tempel der Artemis in Brand steckte, das mag in den Akten der Behörden stehen; wahrer wird die Geschichte dadurch nicht. Wir wissen zu gut, wie wenig die dürren Berichte, angefertigt in der umständlichen Sprache knochentrockener Ratsschreiber, die wirkliche Wirklichkeit spüren lassen.

Und gar der Grund, den H. laut Protokoll angab: »Um in die Geschichte einzugehen...« Eine läppische Aussage, die durch ihre Dümmlichkeit auf jene weist, die dem H. solche Worte (wahrscheinlich mit Fäusten) in den Mund zwangen. Hatten sie doch nicht daran gedacht, dem H. wenigstens ein Motiv in die Sandalen zu schieben, das im Ungefähren zu seinem Beruf passen mochte, den wir übrigens in den Papyrii mit »Versschmied« angegeben finden. Es war verabsäumt worden, das Motiv glaubhaft im Stil des H. zu formulieren, etwa:

»Ich warf die Fackel wider die Göttin, die niemals erhört mein Flehen um dichterische Gewalt...« Daher war absichtslos die Tür offengeblieben, durch die die Wahrheit eintritt.

Geweckt durch den Widerspruch, entdeckten Historiker in Briefen H.s und in den Notizen seiner Freunde ausreichendes Tatsachenmaterial, das uns heute erlaubt, uns ein eindeutiges Bild von dem damaligen Vorgang zu machen.

In jenen frühen Tagen herrschte in Ephesos Mangel an Olivenöl, und die Behörden waren gezwungen, das Öl einzuteilen. Eingelagert wurde es unter dem Artemis-Tempel, der als besonders sicher galt, und dessen Keller tief und kühl waren.

Die Verwalter des Tempels glaubten nun, aus ihrem Hüteramt spezielle Rechte auf das Öl ableiten zu können; jedenfalls nahmen sie davon, was sie brauchten. Die Vorräte verringerten sich in dem Maß, in dem die Überzeugung der Ölhüter von der Richtigkeit ihres Tuns wuchs. Sogar in ihren Lampen brannte nicht mehr das einfache Schweinefett, und das Licht spiegelte sich in ihren wohlgenährten Leibern, die täglich mindestens zweimal mit Olivenöl gesalbt wurden.

Man hatte es ja. Als aus den Amphoren der letzte Tropfen verschwunden, häuften auf Befehl des Oberpriesters die Ritualclerks Holzscheite in allen Räumen auf, in Hallen, Kammern und Gemächern, und ehe man es sich versah, knisterte und knasterte es heftig, loderte grelle Hitze auf, die weithin strahlte.
Damit man meine, der Brand habe auch ihre Körper verzehrt, machten sich die Diener der zwanzigbrüstigen Göttin in südlicher Richtung davon, dem wirren Lauf des rauschenden Mäander zu.
Auf dem Wege jedoch trafen sie H., der über einem Lobgesang auf die örtliche Gottheit von Tralles schwitzte. Unter einer Eiche erblickten und packten sie ihn, von einem Einfall getroffen wie von einem Blitz. Sie schleppten den sich kaum Wehrenden vor die Versammlung der Ältesten und ziehen ihn der Brandstiftung: Wer sonst als ein kümmerlicher Dichter wäre einer solchen Untat fähig? War nicht allen Beteiligten klar, daß gerade von Subjekten, denen nichts heilig ist, weder Olivenöl, noch Tempel, noch Behörden, sicheres Unheil kommen muß?
In Gewißheit dieser Sachlage wurde H. vernommen, angeklagt, verurteilt und verurteilt, in die Geschichte einzugehen als Brandstifter, während die Verwalter des eingeäscherten Tempels ein neues Heiligtum erhielten, neues Öl, neue bedeutende Publicity und außerhalb der Historiographie blieben und auch wußten warum: Zur Lehre der Künftigen.

BIBEL

Kaum hatten Adam und Eva vom Baum der Erkenntnis gegessen, wurde ihnen klar, wo sie sich befanden. Von Angst und Enttäuschung beflügelt eilten sie zu den Pforten des Paradieses, aber dort hielt, so daß sie es nicht verlassen konnten, der Erzengel des Herrn Wache, das Flammenschwert in Bereitschaft. Bis dahin hatte das Paar den Tod nicht gekannt, nun wußte es Bescheid. Diese Konstellation, soviel war schon abzusehen, ließ ihren Kindern gar keine andere Chance, als opportunistisch sich zu unterwerfen oder fehlgerichtet zu rebellieren, Abel und Kain zu werden auf immerdar im Schweiße ihres Angesichts, und obwohl diese drastische Geschichte später sogar Massenauflagen erlebte und mehr Leser fand als andere Bücher, bewirkte sie doch kaum Wesentlicheres als eine Reihe von Gemälden, die, außer dem Vorgang selber, den Sieg der Ästhetik über die Wahrheit darstellten, so daß die legendäre Vergangenheit nach wie vor der Erlösung harrt.

Die Kaiser von Byzanz bedurften des Bilderdienstes zum allgemeinen und persönlichen Bewußtsein des Kaisertums, das sie stets gefährdet wähnten und von dauernder Vergessenheit bedroht. Jeder einzelne Kaiser fürchtete, man würde, gäbe es keine Bilder von ihm, gar nicht wissen, daß *er* regiere. Darum nehmen auch einige Historiker an, die blutige Herrschaft mancher Byzantiner entstamme nur dem Umstand, durch nachdrückliche Mittel auf sich aufmerksam machen zu wollen. Obschon es genauso gut daher rühren mag, daß Ratschläge von Magiern, die aller Christlichkeit zuwider am Hofe praktizierten, den Kaisern den Bilderdienst empfohlen hatten. So verbreitete jeder Kaiser sein Porträt: von Konstantin dem Großen bis Konstantin Akryphos, in dessen Namen bereits die Praxis der Selbstpublizität auch äußerlich kenntlich geworden ist, um durch die Anwesenheit seines Effigies allerorten den Schein tatsächlicher Allgegenwärtigkeit hervorzurufen. Eine andere Erklärung wiederum besagt, da der Kaiser eben nicht *in persona* dem einzelnen Untertanen sichtbar erscheine, wolle er wenigstens jedem diese Gnade zweidimensional erweisen, denn eilig und in verschlossener Sänfte von Palast zu Palast befördert zu werden, von Stadt zu Stadt, verhindere den engeren Kontakt mit den Einwohnern. Er war ja, wenn auch beweglich, das ferne Zentrum der Macht; ohne sein Dabeisein, ohne seine Entscheidung konnte nichts vollbracht werden.

Vor allen Dingen der Bilderdienst selber forderte zunehmend Zeit und Aufmerksamkeit der Kaiser; je mehr jener sich entfaltete, desto weniger waren sie in der Lage, sich um politische Geschäfte zu kümmern, um Ernte, Wirtschaft, Wohlfahrt, Kriegsaussichten, was bekanntlich zu Mißernten, Mißwirtschaft, Unwohlfahrt und Niederlagen führte. Die wichtigen Dinge wurden den Unterbeamten überlassen und traten zurück hinter den Zwang (und möglicherweise auch hinter das Verlangen) vor den fleißigen Abbildnern für neue, immer wieder neue Abbilder posieren zu müssen, und hinter die Mühe, aus den entstandenen Werken eine ständige Auswahl treffen zu sollen: für jeden Tag, für jede Stunde das

entsprechende Bild, und es gab im alten Byzanz viele Anlässe, die ein Herausstellen des piktographierten Herrschers erforderten. Bis in abgelegene Gebirgsdörfer zogen Wagen mit Wiedergaben, auf denen der Mächtige innerhalb eines Ereignisses gezeigt wurde, und handele es sich bloß um die Begrüßung des Venezianischen Gesandten. Was auch geschah, es versteinte augenblicks zur historischen Szene, deren Komposition streng auf dem Planetensystem gründete: in der Mitte die Erde (Kaiser), umkreist von den anderen Gestirnen (Höflinge) – der damaligen Annahme zufolge. Diese Grundlage war obligatorisch. Man kann getrost sagen, am Ende wurde in Byzanz überhaupt nicht mehr regiert, weil der Kaiser, mitten unter seinen Porträts, beschäftigt war, den vielen wartenden Beamten jeweils eines für einen bestimmten Zweck zuzuteilen.
Als eines Herbsttages im Amtsblatt das Bild der Majestät gleich in dreizehnfacher Ausfertigung erschien, da empfanden selbst die Auguren hinter den abbröckelnden Tempelmauern ein Grauen vor solcher Hybris und zugleich eine unbestimmte Ahnung, daß Byzanz, obwohl der Kaiser es versprochen, nicht ewig werde bestehen bleiben können. Das ganze System, gebunden an eine Person, würde mit derselben zusammen völlig metaphorisch und damit nichts als ein Vergleich für den wörtlichen Gebrauch durch andere realere Völker.

ENTLASSUNG

Man weiß seit langem, Menschen sterben nicht: den Göttern gleich währen sie ewig und überfüllen lebendigen Leibes die Ferne, die Nähe. Niemals verfallen unsere stolzen Bauten, die wir des Stolzes wegen eckig errichten, im Stile unseres angestrengten Charakters. Man weiß: Häßlichkeit besteht. Man weiß ferner, die Gebrauchsanweisung für Maschinengewehre auf Justitias Waage tariert sie immer zu Gunsten der Günstlinge aus. Welcher? Man weiß es.
Und man weiß: die Bäume wachsen seit einigem in den Himmel. Man weiß: von jeher stillt jeden Hunger eine Handvoll blauer Bohnen. Man weiß: Troja blieb unzerstört. Man weiß: dein Vertrag ist gekündigt, Kassandra!

Für den, der den Menschen ein Licht aufsteckte, besaßen die Götter ein erprobtes Rezept: kaukasische Felsen fanden sich allerorts, glichen Zellenschluchten, Armesünderschroffen, Berufsgipfeln, Heimatzinnen; auch der Adler erschien vielgestaltig, wenn er erschien. Zerfressen an Leib und Seele schwand dem Gefesselten das Bewußtsein der Hoffnung, weil das Gesetz der Unwahrscheinlichkeit das Wunder lähmte, welches darin bestünde, daß ein Herakles käme und ihn losmachte.

JONAS

Zu später Stunde, nahe dem Scheitel der Nacht schon, gewährte sich mir völlig unerwartet Anblick und Aura des großen Wales: seine graue Haut, fruchtloser Erde ähnlich, widerspiegelte das Licht nicht, das über uns beiden gemeinsam glomm. Schweres Kaumsichregen des massigen Leibes. Meinerseits: Ausstoß eines Überraschungslautes, der eine dumpfe, eine ferne Stimme auslöste, die wie aus einem gewaltigen Wattebausch rief: Hier bin ich. Ich bin in ihm drin. Ich bin Jonas.

Gemütvolles Rülpsen des Wales überlagerte jene Stimme, welche undeutliche Sätze schrie, bruchstückhaft nur verständlich: Daß er sich wohlbefinde, wo er sich befinde... geborgen und in Sicherheit... gemütlich untergebracht... nicht länger vereinsamt... die Hand am pulsenden Geschlinge des Lebens und der Zeit...

Ausführlicheres verlor alle Artikulation, da der Wal aufstand und hinausging. Achtsam folgte ich ihm. Er schob sich schwerfällig in sein Auto und lehnte sich in die Polster zurück. Der Chauffeur fuhr an. Ich stand da und sah dem Wagen hinterdrein. Eher mit Verwirrung statt mit dem Stolz, der einer solchen historischen Begegnung angemessen gewesen wäre. Ich stand nur da und sagte tonlos zu mir selber: Ich habe Jonas gesprochen!

Liegenbleiben: trotz des Stöhnens hinter der Wand zum Nachbarn, dahinter jedoch keine entsprechende Szene stattfindet: keine Folter. Kein spitzer Pfahl dringt wem durch den Leib, sterbende Standarte, blutig und schlapp: nichts davon. Zerschmetterte Gestalten nehmen Platz an unserem Tisch im Lokal, ihre Bruchstellen jedenfalls gut versteckt in schlechten Anzügen, und sehen uns mit ihren toten Augen an: Spiegel, in denen wir beim Hineinschauen ihresgleichen erblicken. Es scheint, die Schädel der Gepeinigten ragen aus dem zugefrorenen Meer vor unserm Fenster bis zum Horizont und darüber hinaus, weiter, immer weiter, bis an die Hinterwand unseres Hauses, und wir betrachten es als Selbstverständlichkeit, weil wir wissen: Es gibt kein Inferno. Alles nur Dichtung! Dante lügt!
Die Aufmärsche toter Seelen kommen nicht aus der Hölle, die Menschenesser in den Büros stammen aus keinem andern Jenseits als dem Diesseits, von dem es heißt, es würde von lauter Verdammten bewohnt, die einmal erwachen und damit zugleich erlöst sein würden: Legenden, von denen wir nicht mehr genau feststellen können, wann wir sie eigentlich vernommen haben: vor dem Einschlafen oder danach.

Stand nicht eben noch ein Ausländer mit einer kleinen Laterne vor der Tür und fragte nach irgendwem, einem Menschen, den wir weder kannten noch kennen? Er hat auch nicht gewußt, wen er sucht, also bloß gewußt, was er nicht weiß. Dem Manne ist eben nicht zu helfen. Einige Andeutungen, einige Hinweise, und wir hätten ihm unsere Unterstützung zuteil werden lassen können. Dessen sind wir ganz sicher: schließlich: einen Menschen kennt jeder, mehr als einen sogar, da sollte es doch mit dem Teufel zugehen, wenn wir nicht über den Gesuchten informiert gewesen wären. Das Problem ist der Mangel an klarer Beschreibung, an eindeutiger Identifikation, nicht der Mangel an Menschen. Schnurrbart? Brille? Bauch? Nationalität? Klassenzugehörigkeit? Besondere Kennzeichen? Fingerabdrücke?
Geh heim und überlege dir, wonach du eigentlich und wirklich suchst, dann wirst du es auch ganz leicht finden: alles ist nur eine Sache der Methodik. Auf die richtige Frage kriegt man auch immer die richtige Antwort, das solltest du in deiner Tonne bedenken, Diogenes.

AQUARIUM

Wenn ich nachts unter dem Lichtkegel der Lampe arbeite, kommen durch das Fenster Geräusche aus dem Dunkel draußen, und ich verharre reglos und mit weit geöffneten Augen: ein Fisch in seinem beleuchteten Aquarium zwischen bunten Steinen und grünen Pflanzen, stets mit frischem Sauerstoff versorgt, in gereinigtem Wasser.
Ich versuche, die Geräusche zu deuten; versuche, an Schritten, die übers Pflaster traben, zu erkennen, was für einer da geht und wohin. Rasche Schritte weisen auf einen, der zu einer Frau eilt; kräftig und beschwingt. Klingt dieser schneller und näher, zweifle ich wieder, denn jetzt scheint es, ein Mörder rennt zu dem Platz, wo schon sein Opfer harrt, das noch nicht ahnt, was ihm geschehen soll. Ich öffne meinen Mund, weiß nicht, wen denn warnen, da die Schritte leiser werden, und, bevor sie verstummen, sich als die eines Mannes entlarven, der vor sich selbst auf der Flucht ist.
Einzig einer, der sich zu entkommen sucht, läuft so: panisch und ziellos, ohne Rücksicht auf Hinsturz und Schädelbruch; einer, der sich als das erkannte, was er bedeutet, nicht als das, was er ist, jagt so davon.
Der Lauschende lauert, die Augen weit offen, kaum atmend.

Die Fontänen der Karussells und der Drehorgeln sprühen altgewordene rissige Musik über Buden, Platz und die Vergnügten. Bunte Lampen blinzeln schweinisch und fett: Naa? Schon amüsiert?
Die großen Pilze sind kreischende und jubelnde Kettenkarussells, die mit den knarrenden Rädern in den Glückszelten um den Sieg des schneller Drehens kämpfen. Unerträumte Wunder warten in den Zelten, sich im Glanze ihrer flitternden Fetzen oder ihrer Abnormitäten zu zeigen, nachdem sie sich vormittags im HAUSE DES HERINGS an Fisch überfressen haben. Sie hocken trübe lauernd hinter den abgeschabten Vorhängen in Kisten aus Leinwand und Holz in einer Reihe am Rande des festgetrampelten Wegs über den Platz.
Zwischen den Preisringern, den wilden Männern aus Afrika und einer mechanischen Schießvorrichtung ist das Kabinett der anatomischen Seltsamkeiten in den Boden gerammt.
Es geht durch den Eingang, wenn das Segeltuch zurückgeschlagen, in einen dämmernden druselnden Raum, der Reden von Besuchern zum Flüstern herabdämpft. An Wänden und auf Tischen die Wachsglieder, Wachsorgane unter Glas, Wachsgesichter und Wachskinder und Wachsgreisinnen führen ein ungeborenes Leben, das mich nicht bemerkt, als ich daran vorbeigehe.
Tief bücke ich mich an den vergilbten bepopelten Scheiben, will den MENSCHEN, DER SEIT SEINEM 12. LEBENSJAHR SCHLÄFT, sehen und sehe auf einer Bank mich liegen. Unter halbherabgesackten Lidern glitzere ich mich an.
Kotzübel kraucht Magensaft in mir empor und ich gehe bleibeinig und krieche hinaus in die Musik, den Staub, um weiter Buden zu besuchen, durch die Luft zu schaukeln und krachend mit der Flinte auf den Trommler aus Blech zu schießen.

ERINNERUNG AN SCHERIA

Wem das wieder gelänge: auf porösen Felsen gelangen, körperwarm von der Sonne, umarmt von Wasser, klar bis zum Grund, wo schattenhaft Getier sich regt, stumme Boten aus einer Vergangenheit weit hinter unsrer eignen, gnadenvolle Stille des Mittags, punktiert von einer einzigen Zikade, im Schutz von Büschen, Lorbeer oder Oleander, niedrige Kiefern mit langen Nadeln: dort sich selber gewahrwerden. Hier dein Fuß, deine Hand, Bauch und Glied, Gelenk und Haar, für eine kurze Zeit beständig: Daß du sie spürst, noch einmal und noch einmal, wem das wieder gelänge, der wäre des Glückes inne, eines andern als dem von Fels, von Wasser, Licht und Nichts.

Aufwärts eine steile Straße, welche, ohne an Steilheit zu verlieren, als Weg sich fortsetzt: nach den Seiten schickt er hier und da einen Pfad aus: kein Nebeneinandergehen möglich, so schmal. Niedergetretenes Gras, aber wer tritt es nieder, da man nie jemanden trifft; Kienäpfel, gänzlich unbeschädigt von Schuhsohlen. Auf solcher Spur jedenfalls erreicht man oberhalb des Karres, eines Ortes 830 Meter über dem Meer, an das in der Gebirgswelt nichts erinnert, inmitten des ansteigenden Waldes eine breite Kluft oder Rinne, ein leeres Flußbett, niemals von irgendeinem Fluß durchflossen, sondern nur von ganz namenlosen Wassern; frei von Pflanzenwuchs, aber gefüllt mit Gestein aller Größen: vom Knopfumfang bis zum zentnerschweren Brocken. An einigen Stellen der felsigen grauen Schneise tritt ein winziges Rinnsal ans Licht, rinnt fast lautlos und zieht sich unter den feuchten grobkörnigen Kies zurück, um irgendwo weiter abwärts erneut für Augenblicke aufzutauchen. Aus dieser anhaltend schwachen Ergießung wird zu Zeiten der Schneeschmelze und der Wolkenbrüche eine schäumende Naturkatastrophe, gewalttätige Transportarbeiterin; diese Granitblöcke warf sie ab und durcheinander, schafft sie demnächst weiter und liefert neue, begleitet von zerbrochenen entrindeten Stämmen, abgefetzten Ästen. Für ihre Stätte, links und rechts vom Hochwald dicht eingegrenzt, gilt die Formel: nahe der Erde, fern der Welt.
Nur ein ganz außerordentliches Geräusch wie etwa der Aufschrei einer fern fahrenden Lokomotive kommt bis hierher, hat sich aber unterdes in sanfte und stille Klage verwandelt, trifft es endlich ein. Allen anderen Tönen und Lauten nicht-natürlicher Natur gelingt nie die Ankunft: unterwegs bleiben sie im Tannenverhau hängen.
Über dieser Schlucht steht ab zehn Uhr die Sonne steil und brennt auf den nackten Leib, legt man sich auf ein Lager aus Stein, um sich ein wenig paläozoisch zu fühlen. Selbst das Ohr am harten Boden vernimmt aus den Tiefen der Gebirge nichts. Die Einsamkeit ist absolut – fünfundzwanzig Minuten von einer kleinen Ortschaft entfernt, auf der Landkarte

von Tirol zwischen Arlberg und Innsbruck bloß ein Punkt, an dem unaufhörlicher Verkehr vorbeizieht oder zumindest doch zog, da man, beim Aufstieg sich rückwendend, ihn im Inntal dahinkriechen sah: jetzt ahnt man, daß dies alles nur scheinhaft sei, eine Einbildung oder Luftspiegelung des späten zwanzigsten Jahrhunderts. Fände man – aus der emporgeschichteten irdenen Massivität zurückkehrend – seinen geheimen Wunsch erfüllt, nämlich die Täler und Hänge von alledem entleert, wovon und wodurch man selber existiert, man geriete doch in Panik, weil ja jede Beziehung zu dieser wildwüchsigen Ursprünglichkeit bis auf eine längst abgestorben ist: nur die des Genießens besteht noch. Aber Hedonismus ist keine Grundlage fürs Überleben. Das lernt man im Gebirge.

SICH FORTDENKEN

Nur von Landschaft umschlossen, blühend und still, unter einem viel südlicheren Himmel das Erwachen in einem fernen Haus als Wille und Vorstellung rechne man zu den kryptischen Elixieren, welche manchmal tote Tage wiederbeleben. Ob dies nur übliche Träume Gefangener, unverbindliche Sehnsüchte sind oder jenes zauberartige Hinwegversetztfühlen den noch unerkannten Anlauf bedeutet, aus dem der wirkliche Sprung unaufhaltsam hervorschießen muß, die sichtbare Wirkung einer Ursache, die in keiner amtlichen Liste verzeichnet steht, das ist so lange unentschieden, wie die Gestalt des fernen Hauses nicht steinerne Tatsache geworden ist.

WALDSTÜCK

Nach langem Schlaf erwachen, ledig der leblosen Anhäufung von ungeselligem Beton, durchsetzt mit lauter Scharten, durch die der Blick hinaus nicht lohnt noch hinein: mitten im Walde, wem gefiele das nicht: die Nässe des Morgens vermischt mit dem Traumvergessen der Nacht, mit der unbeschädigten Stille, den Blick ahnungsvoll und unbeweglich auf eine der angespannten Wurzeln gerichtet, die im Baum empor Himmel und Erde zusammenhalten, welche einander sonst leicht verlorengehen. Das Auge eines Tieres ist immer voller Angst und Erwartung.

DIE WANDERTAUBEN

Wenn ihre Schwärme aufflogen und kilometerweit in endlosen Zügen über das Land, soll es wie Donner geklungen haben, Hunderttausende von Schwingen im Takt und Gegentakt, und ihr Kot sei wie weicher Schnee vom Himmel gefallen. Ihre Zahl überstieg zweihundertfünfzig Millionen. So machte den Jägern das Treffen keine Mühe, wobei auf einen Schuß aus den stundenlang dahinziehenden gefiederten Wolken ganze Scharen tot oder sterbend hinabfielen, indes die anderen Tiere die Lücken eilig schlossen, verleitet vom Instinkt zur schützenden Gemeinsamkeit gegen äußere Angriffe. Blinde Solidarität trieb sie dicht zueinander, immer wieder, bis 1914 im Zoo von Cincinnati die letzte ihrer Gattung für die Nachwelt ausgestopft werden konnte.

HAUSEN IN BÄUMEN

In der kein Haupt krönenden Krone daheim, hause ich zwischen Gezweig und Geäst, sommers im Laub versteckt, winters erblichen, um nicht gegen bereifte oder beschneite Rinde abzustechen und solcherart sichtbar zu werden. Wenn die Blätter gegen Abend hin ein Rauschen erlassen, und der Gärtner glaubt, Wind führe durch seinen Zögling, raffe ich mich zu lautlosem Lächeln auf: ich bloß habe ja in der Krone geschaukelt.

Ich könnte dem Gärtner sagen, was er noch nicht weiß: sein Baum ist faul bis ins Wurzelwerk. Der Saft schmeckt nach Galle. Das Gift, das aus der Erde steigt, konzentriert sich im Kerngehäuse: Säure aus Angstschweiß, Bitterkeit aus Tränen, dumpfig vom Grundwasser steigender Glücklosigkeit. Davon nähre ich mich solange es geht, um selber eines stürmischen Tages stinkend und trostlos zwischen frisch umgebrochene Schollen zu fallen und vermodernd als Dung Bäumen zu dienen, deren eine unfreiwillige Frucht ich gewesen bin und war.

NACHTRAG ZU LINNÉ I

Die Ausdrucksweise der Blumen, wenn sie sich dem Licht zuwenden, enthält eine schweigende Rüge unserer schuldhaften Trägheit, die im Schatten siedelt, den Untaten zugekehrt, die aus Mangel an Erleuchtung geschehen und von denen es trotzdem heißt, sie dienten der zunehmenden Verbreitung von Helligkeit.

NACHTRAG ZU LINNÉ II

Unter der Hand und erst recht dem Blick verblaßt die Natur zu einem Sammelsurium aufeinander eingespielter Kausalitäten. Was sich begibt, ist Photosynthese unterm Energiestrom unseres Zentralgestirns. Gleichgültig vernimmt das Gehör Laute genetisch codierten Verhaltens, die nichts anderes mehr besagen. Dauernd entsteht oder vergeht etwas ohne weitere Bedeutung. Weil wir so reich an Wissen wurden, sind wir verarmt an Beziehungen. Da wir alle Phänomene kennen und klassifizierten, will keines mehr was von uns wissen, und selbst das manieristische Gesicht der Rose glotzt uns an wie eine Gorgone, die wir absichtsvoll übersahen oder die uns bisher übersehen hat.

WOLKE

Jeder Versuch, die Wolke wirklich zu schildern, die eben vom Horizont kommt und zum anderen fliegt, muß schnell geschehen und muß doch in Vergeblichkeit enden. Daß sie grau und licht ist, mit hellen, dauernd in Auflösung begriffenen Rändern, eine niemals sich wiederholende Gestalt, ewige Ähnlichkeiten erzeugend und somit menschenähnlich, im Zentrum bedrohlich, natürlich, die Übergänge ins Blaue aber kindlich und milde und voller falscher Verheißung, einmal doch in ihrer scheinbaren Fülle den Betrachter zu wiegen – wer will das alles in dem kurzen Moment festhalten. Und wer erinnert sich noch der glücklichen prä-ikarischen Epochen ohne die Enttäuschung ihres Anblicks aus der Nähe, wo sie nichts ist als verfärbter häßlicher Wasserdampf, traumleer, nichtssagend, bedeutungslos, bis man sie überwunden hat und auf sie hinuntersieht, wo sie in großer Tiefe mit anderen zusammen das strahlende Schneeland bildet, den bleichen Kontinent des Scheins und unglaublicher Reinheit, verlockend wie das Paradies und ebenso unbetretbar.

Sterblich sind Mensch und Tier und Pflanze. Europa verkarstet besonders in seinen Städten weithin. Darum die vielen Kongresse zur Erhaltung öffentlicher Geheimnisse. Immer spricht jemand von der Zukunft, als hätte er sie erlebt: mit den Worten des Blinden von der Farbe.

In meinem Garten das Gras wächst, ohne daß ich es höre. Zwischen den Halmen irre ich umher und finde keine Freunde unter den zielstrebigen Ameisen und pflichttreuen Käfern und verharre in einsamer Meditation vor dem kunstvollen Kienapfel: einem unverändert epigonalen Werk der Natur seit Beginn. Später sehe ich den Tötungen zu, die auf der Autobahn stattfinden oder in einem der letzten Bürgerkriege oder in einer andern Fiktion und kann es nicht glauben.

Nur durch dauernde Häresie verdiene ich mein Geld und lasse es mir wohlergehen auf dem lebenslänglichen Scheiterhaufen, unsichtbar, unlöschbar, trotz häufigen Gläserleerens. Um mich herum ist viel unbesiedelter Raum, seit die Eingeborenen ausgerottet sind. Hilflose Geister bloß bewohnen die Atmosphäre, und aus den unterirdischen Rohrsystemen der Vergangenheit steigt blutiger Schlamm und schlägt Blasen: Gegenwart um Gegenwart. Aristoteles aber verlangt immer wieder die Kenntnis der Ethik und der Meteore, weil beide gleichermaßen erdenfern sind, mit Händen nicht zu greifen, weder in meinem Garten, noch auf der Autobahn, noch in sonst einem Universum.

Nach Anzünden des Windlichts umgibt uns doppelte Schwärze, verdichtete Undurchdringlichkeit. Nur himmelwärts bleibt etwas sichtbar: Sterne und die von ihnen gebildeten abstrakten Werke (»Der große Wagen«, »Der kleine Bär«), für die sie nicht verantwortlich zeichnen. Aber über die wachstuchbelegte Tischfläche hinaus herrscht ausschließlich Dunkelheit, in der unsere Gesichter und Oberkörper frei schwebend angebracht sind: so sehen wir uns. Wir greifen nach unseren Gläsern und trinken sie aus. In der Ferne verkündet ein Grollen: unsere S-Bahn, durstig wie wir, ocker und weinrot wie wir nicht, naht, und rasch schlucken wir die Neigen, woraufhin sie abdreht und mit dumpfem Poltern entschwindet. Die sind wir los. Darum können wir singen. Tirilieren. Grunzen. Bellen. Mähen. Bäen. Blöken. Niemand kommt heute Abend, um uns einzuseifen, zu scheren, zu dressieren, zu versteuern, zu schlachten, nur eine Stimme ruft aus der grenzenlosen Finsternis: »Ruhe! Die Kinder schlafen!« Und wir überlegen, ob der Engel der Nacht zu uns gesprochen, ein gänzlich erloschener Luzifer, oder ob das vielleicht aus der unverkorkten Flasche kam.
Trinken im Dunkeln macht Durst. Eine Kerze zu so später Stunde erleuchtet die Welt, die auf Tischgröße, aufs Gesichterrund, auf mehrfache Hände, Becher, Gläser, Streichhölzer, Flaschen und wenige matte, das Windlicht umkreisende Motten zusammengeschrumpft ist. Ein schnelles Schwirren in der milden Luft, her, drüber und fort: Draculas Verwandtschaft flattert hastig über uns weg, ohne von unserem Blut eine Probe zu nehmen: würde auch sonst gegen Baumstämme prallen, gegen unsichtbare Mauern, gegen die Handgreifbarkeit uns umdrängenden Photonenmangels.
Was reden wir da? Was, an wenig Erleuchtetem, quillt aus unseren Mündern ins tageszeitlich Verspätete hinein? Das klingt einem in den Ohren wie gemütliches Hoffen, wie verschwommenes Wohlgefallen, und das sollen wir sein, die da glückselig schwätzen, mit Worten ohne Bedeutung oder doch nur: mit Worten mit der Bedeutung oder doch nur: mit Worten mit der Bedeutung von Worten. Wüßten wir andere,

vielsagendere, ließe sich daraus für den weiteren Fortgang der Nacht ein philosophisches Zeltdach uns zu Häupten errichten, Schutz gegen Tau und Tag, denn so welthaltig durchglommen, friedfertig, zufrieden erweist sich um Nulluhrfünfzehn unser Zustand, daß wir davon, von unserer euphorischen Substanz der Menschheit größere Posten abgeben könnten und möchten und würden, uneingedenk der unerbittlichen Niedergeschlagenheit einer kommenden Stunde.

Nicht im Sommer, weil da plötzlich losbrechend und abrupt endend, ein Guß, sondern im Herbst, wenn er unmerklich anhebt und man auf einmal das Streu- und Klopfgeräusch auf dem Fensterblech wahrnimmt, obschon es vor langem eingesetzt hatte: Das ist der Regen, dessen Wesen und Erscheinung mehr mit sich führt als es den Anschein hat. Unabweislich spült er uns mit jedem Schwall Kindheit zu, trägt Allesmögliche herbei, wirft es ab am Gestein unseres sonst verhärteten Hinlebens und Hindenkens. Genauso lagen wir schon einstmals im Bett und horchten auf das Rinnen und Aufschlagen von ausgeschüttetem Wasser, ungleichmäßig sich wiederholend, kein eigentlicher Rhythmus, durch den gewöhnlich ein akustisches Geschehen von sich selber ablenkt. Gerade die Unregelmäßigkeit des Fallens und Auftrommelns auf Dachrinne, Fensterscheibe oder sogar, falls wir hochgelegen hausen, auf die schirmenden Ziegel fesselt unsere Aufmerksamkeit und zieht sie von uns selber ab und zu etwas hin, das pure Ahnung bleibt. Etwas nicht Benennbares, aus dem aber großes Behagen auf den Lauschenden übergeht, wird vom Herbstregen erzeugt. Vielleicht etwas wie ein »Gesamtwerk«, denn zu ihm gehört ein grau verhangener Himmel, Dämmerlicht im Zimmer, weil dadurch gewesene und gegenwärtige Zeiten sich unauffällig vermischen können; die überflossene Scheibe, durch welche jedes Außen nur verwischt und verzerrt hereinblickt: aufgelöstes Blattgrün, umrißlose Äste und Beugungen, ineinanderverschwimmende gebrochene Farben. In solcher Stunde treibt das Haus, darinnen man allein ist, von der bewohnten und gewohnten Welt fort. Es hat kaum merklich abgelegt und den Ort unseres ständigen Anwesendseins verlassen. Es ist aber eine Zeitfahrt. Ein zögerndes Dahindriften durch Vergangenheiten, in die unsere eigene nebensächliche miteinfließt. Da wir daliegen, wissen wir, unter anhaltendem Herab von Wasser, wie unten am Hause, als es noch gar nicht stand, Jäger vorbeigingen damals, Leute in Lumpen oder Fellen, in dumpfig riechenden alten Kleidungsstücken die Männer, deren Knochen längst pulverisiert sind. Hier boten Frauen ihren anziehenden Anblick nackt in Weidenbüschen oder aus einer Hütte vortretend, die, wie ihr Inhalt, hüllende Schlafstätten, nachgiebige Federpfühle, Wärme erwidernd, körperliche Weichheit, zerfallen waren und mit der Nässe des Bodens vereinigt, ehe an uns, unsere Eltern, unsere Vorfahren zu denken gewesen ist. Uniformen, Blau und Gold, Helme, überperlt vom Niederschlag, Tiere von vergessenem Aussehen, der Takt ferntrabender Pferde, wir selber winzig und in anderen Tagen in einem anderen Bett oder im selben, es ist ja immer dasselbe, damit beschäftigt, den Körper zu spüren, die Haut angenehm von frischer Wäsche berührt, und gegenüber ein anderes Haus, seine Fassade von senkrechten dunklen Streifen gezeichnet, gebeugte Gestalten aus Stuck, abbröckelnder Putz auch hier oder überhaupt nur noch Ruine, hinter leeren Rechtecken nichts mehr als unsere eigene Betrübnis: Weil wir alles bereits verloren, bevor wir es kennen durften. Im Sturz des Regens wird klar, daß wir Betrogene und Bestohlene sind. Daß wir uns an Erinnerungen halten, von denen wir fürchten, daß nicht einmal sie uns gehören, Fremdstoffe: Was uns das Wetter zuträgt, die breite Kaltluftfront vom Atlantik: Vorstellungen und Halbträume ganz anderer Personen, die wir, wegen Armut an persönlicher Historie, beraubt letzter Reste geschichtlicher Gegenständlichkeiten, süchtig aus jedem Tropfen saugen, der niederbricht, auftrifft, abläuft und irgendwo drunten am Mauerwerk verschwindet.

Im Absinken des Lichts steigen die Gepeinigten empor, verstorben aus Mangel an Gerechtigkeit, erniedrigt und zutodegekränkt. Zu Unrecht verhaftet Gewesene stecken ihre düsteren Köpfe halb aus der schwarzen Erde und bitten um ein kurzes Gedenken und um Anwort: Warum geschah, wofür es keine Erklärung gibt? Wieso zum Humus bestimmt und wofür? Es ist ja doch nichts aus unserem Gebein gewachsen. Im Abendwind winseln die schwerwiegenden Träume aller, denen die Himmelsrichtungen auf ewig verschlossen blieben, ohne daß sie ahnten, wodurch dies geschah. Ein Kreuz hinter dem eigenen Namen: gesetzt von einem Unsichtbaren mit der Macht des Unsichtbaren, der, entzöge man ihm den Laurinsmantel, der bekannte hilflose Zwerg wäre, keines Zauberwortes mehr fähig, verlegen, im schlecht sitzenden Anzug, er hat von allem nichts gewußt und nur auf Befehl gehandelt, aber wie den Mantelzipfel packen, wenn Angst die Finger lähmt? Ob aus dem Schutt dieser Reiche, erbaut auf den Folgen vorangegangener, jemals die Listen der Proskribierten gegraben werden, sie zu veröffentlichen, sobald andere Reiche folgen, deren Legitimation sich auch nur wieder aus Schutt und Publizierung des gewesenen Wahns herleitet? Das pathetische Rauschen des Laubes, das geschwätzige Geraschel der Blätter übertönt die Stimme der Wahrheit, die sehr leise ist und eigentlich nichts anderes als das Weinen eines geschlagenen Kindes, unbefähigt zur frommen wie zur häretischen Lüge. Gespenster, von keinem Glockenschlag erlöst, vom Taglicht nur mühsam in ihre Dauerquartiere gedrängt, aus denen sie abends wieder hervorbrechen, treiben wie Schwaden durch alle meine Gärten.

Über die tiefen Schatten im Grünen läßt sich nur Gutes sagen und das Beste: Daß sie bereit sind, unsere Sehnsüchte aufzunehmen und zu bergen, zumindest die geringeren und ziellosen, von denen wir selber nicht recht wissen, was mit ihnen anfangen. Sie streben weder in geographische Weite, noch in soziale Höhen, enthalten keinen Hang zum Abenteuer, zu einem neuen Anzug oder einer neuen Frau, sondern sind nichts weiter als ein unbestimmtes Empfinden, das, eine Gravitation spürend, dieser sich überläßt. Aber *was* diese Anziehungskraft bewirkt, verharrt im Ungewissen; das läßt sich nicht errechnen wie der Umlauf eines Planeten aus den Einflüssen, die seine Schwerkraft auf andere ausübt: nichts anderes bleibt übrig, als sich dem verschränkten Grün anzuvertrauen, dem verästelten Wildwuchs, dem verwirrten Geblätter sich zuzuwenden und in dessen Schatten das leere Verlangen zur Ruhe zu betten.

Was ist Buch? Die täuschende Nachahmung einer Vergangenheit, die nicht enden will oder es vielleicht auch gar nicht kann. Zugleich damit ein Bereich der Verwandlung, welche die Bewohner unbemerkt erfahren und gegen die sie sich, eben aus Ahnungslosigkeit, nicht wehren. Weil diese Verwandlung sich äußerst langsam vollzieht und Jahre benötigt, nach welchen man plötzlich erkennt, daß man unverhofft zum Opfer dieses eng begrenzten Vorortes geworden und seiner stadtwärts ausgestreckten Tentakel verlustig gegangen ist. Vergleichbar ist dieser Vorgang nur einem überraschenden Altern, Altwerden, gekennzeichnet von Abkehr, von der man in Buch weitaus früher befallen wird: die Großstadt, obwohl nur halbstundenfern, rückt ins Abseits, das dem Desinteresse anheimfällt. Der Verengung des Kreises entspricht, vermutlich proportional, eine Bedeutungszunahme des Details. Was ferne in der aufgebauschten Zusammenballung eine akustische Folie ergibt, stellt sich hier als sporadisches Auftreten individueller Geräusche vor. Das Gebell eines Hundes ist noch eindeutig das Gebell eines Hundes. Das Klappen einer Autotür auf der Straße signalisiert, jemand sei angekommen und begebe sich fernerhin zu Fuß zum Ziel. Seltsam exotisch anzuhörende wilde Tauben: monotone Laute, die etwas Afrikanisches vorspiegeln, unbehindert vom Dauerton einer mittelnahen Kreissäge. Darüber hinaus gipfelt ein anders blauer Himmel, belebt von vitaleren Wolken; vagabundierende Luftzüge wagen Körperkontakte: Hautnähe ist ein bestimmendes Moment des Aufenthaltes in einem Bucher Garten. Die naive Überheblichkeit jeder Einzelheit aber führt zu einer intensiveren und genaueren Kenntnisnahme aller Dinge: die Augen, sonst blind durch Fülle, werden einem geöffnet durch die leidgebeugte Monumentalität einer alternden Sonnenblume, durch den ignoranten Fleiß der Ameisen oder von den Schatten, die sich unfreiwillig und darum stillschweigend in die ihnen vorgeschriebene Richtung bewegen: diese Erfahrung von Natur, durch ihre Besitzer auf deren eigenes Maß reduziert, so daß ihr kaum Selbständigkeit und Hemmungslosigkeit blieb und nur ein geringes Maß an mythischem Ausdruck, gibt den Buchern jene versteckte Übereinstimmung, welche keiner Worte mehr bedarf. Es ist eben ein verwunschener Platz, von draußen, von Stadt oder Land her eigentlich unsichtbar wie alle Zwischenreiche, und was sich optisch präsentiert, ist nur eine Ansichtskarte, Amateurfoto: das Ganze dahinter aber läßt ahnen, es wäre ein Gleichnis und verschweigt zugleich: wofür.

Da ist nichts mehr zu sagen, zu singen schon gar nichts. In den Erinnerungen ihrer Einwohner ist die Stadt verblaßt: sie haben sie vergessen und sind nun unsicher, wo sie sich eigentlich aufhalten. Das sieht man ihren Gesichtern an, Berliner Gesichter, verschlossen und ratlos, verklärt von einer lang anhaltenden inneren Verzweiflung. Jeder abendliche Spaziergang führt am Rande des Selbstmordes oder eines anderen Fluchtweges dahin. Wenn sie nur wegkönnten aus diesen Mauern, in ein anderes Berlin, dem das abgelaufene halbe Jahrhundert erspart geblieben, sie würden alles drangeben für eine Fahrkarte, doch wo sie in ihrer Selbsttäuschung auch hinkommen, es entpuppt sich am Ende als Falsifikat mit dem Namen Manhattan, Brixton oder Trastevere. Schwankende Gestalten, denen man den angestammten Boden entzogen hat: so treiben sie an meinem Hause, auch so einer Einbildung eines Daheim, flüchtig vorbei, ohne mich am Fenster wahrzunehmen. Unbemerkt fotografiere ich sie, eine aussterbende Rasse, weil sicher ist, die Museen und Ethnographen werden sich zu spät ihrer annehmen wollen. Wie die brasilianischen Urwaldindianer mit dem Regenwald verschwinden ins geschichtlich kurzfristige Eingedenken ihrer Zeitgenossen, so sind eines Tages, nachdem unser Ort fort ist, auch alle Leute ringsumher vom ewig gleichgültigen Kronos kassiert.

Ohne ihre alten Straßenzüge und Häuser, ohne die kleinen Kneipen und Läden, Friedhöfe, Parks, Rasenflächen, Straßenbäume, Laternen, Bänke, Bordsteine, den Klang der S-Bahn und den Geruch der Luft, die aus ihrer kargen Historie herwehte und dann ausbleibt; ohne die Droge der Sentimentalität, durch die alles Vergangene immer wieder aufersteht und die Vergänglichkeit scheinbar still, ist diese Spezies nicht lebensfähig und von der übrigen Welt samt den bekannten Himmelsrichtungen bereits abgebucht, heimlich aber, damit es ihre letzten Träume nicht stört.

Die Straßen hier tragen zwar diese Bezeichnung, sind jedoch weit entfernt, welche zu sein. Am Tage gelingt ihnen bisweilen die Mimikry, abends aber, gar nachts, geben sie die Anstrengung auf und fallen in ihr wahres Wesen zurück. Nun sind sie bloß noch breite Wege, nur streckenweise gepflastert mit unregelmäßigen Granitwürfeln, deren Fläche unebene eingesunkene Stellen aufweist oder dort, wo alte Bäume stehen, von deren Wurzeln emporgedrückt wird. Um ungestört zu schlafen, rücken die kleinlichen Häuser beim Dunkelwerden weiter in den Schutz ihrer Gärten hinein und von den Bürgersteigen ab. Laternen geben ein bläuliches Licht von sich; weit voneinander weg, herrscht jede souverän in ihrem Reich, das zur Grenze hin verdämmert; manche brennen auch gar nicht: erloschen stehen sie da wie die Ruinen einstiger Pracht und Machtfülle. Wer hier vorbeikommt, tritt in Finsternis ein, in eine schwarze Wolke lichtabsorbierender Materie und hält sich selber einen Moment für längst verstorben, für ein Gespenst, gebannt in diese nichtige Ansiedlung bis zum Tag der Erlösung, der auf allen gültigen Kalendern gestrichen ist.
Auf diese, doch nicht nur auf diese Weise ist der Tod in Buch präsent. Seine mahnenden Boten humpeln als alte Frauen umher, deren Gesichter niemand sich merkt; als Greise, grausträhnig und nahezu zerlumpt, Gestalten, der Zerstörung mittelalterlicher Fresken entgangen, um auf den meist menschenleeren Trottoirs an einem vorbeizulaufen, als sei der Gang zum Gemüseladen ihr letzter und die Tüte mit Äpfeln schon für den Leichenschmaus und das Türschließen nach der Heimkehr der endgültige Abschied von der minimalen Welt rundum. So staunt man, daß man sie am nächsten Tag und am übernächsten aufs Neue trifft: jahrelang, konserviert im letalen Stadium, unsicheren Schrittes oder fast stolpernd hierhin, dahin, wo die vorgeblichen Straßen am Feldrain abrupt aufhören, unter Gesträuch entgleiten oder unter Bäumen zum Pfad sich verwandeln, über den Rand eines Ortes hinaus, der, während seine inneren Bewegungen immer schwächer werden, trotzdem noch eine Weile eine Metropole vortäuscht.

Auf dem Wege zu der inneren Stille, der verlorenen Heimat, durchquert der unaufhörlich Vertriebene, aber anhaltend Rückkehrwillige Regionen unterschiedlicher Geräusche. Ihnen muß er entkommen, weil von ihnen jener ersehnte Ruheraum konstitutiv abhängig ist. Von lang anbrandenden Schallwellen der Düsenklipper ertränkt, ist er selber nichts als ein umhergewirbelter Gegenstand, brüchig und brach. Und noch das klassische Eimerklappern des Nachbarn, sein ungeniertes, doch durch Entfernung und Abdämmung unverständliches Reden, verhindert die Heimkehr in die Kapsel friedlicher Abgeschlossenheit. Klang einer Säge, ein Hämmern: auch deren Vergehen erst abwarten. Sogar Vogelgezwitscher über das Maß hinaus, plötzlicher Überfall durch natürliche Laute, Hühnergegacker, Hundegebell, selbst wenn von weit her, hat zu verstummen, ehe das Zentrum des Schweigens sich dem bewegungslos Nahenden öffnet. Völlige Lautlosigkeit jedoch ist außerhalb künstlicher Geräuschisolierung unerreichbar. Abgeschirmt immerhin von Pflanzenhecken, Mauern aus Baum, von leichteren akustischen Vorkommnissen milde angerührt, wie vom schläfrig ein- und wieder ausatmenden Wind, hebt sich die Barriere vor dem Ziel, einer zartgefügten Leere, in welcher gar nichts mehr besteht als sie selber.

Im Augenblick des Einschlafens waren die Stimmen zu hören. Als sprächen im Nebenzimmer undeutlich Leute miteinander, doch der Inhalt ihres Gespräches ließ sich nicht feststellen, da sie verstummten, nachdem ich aufgestanden und einige Schritte in ihre Richtung auf die Tür zugegangen war. Eine Einbildung, verursacht vom schwindenden Bewußtsein nahe der ersten Traumphase, vielleicht ausgelöst von einem rein physikalischen Vorgang, stärkere Zugluft, Wind am Dach, Summen von Drähten, Eigenbewegung der Mauern, die ungleichmäßig im Erdreich versinken und sich gegeneinander verschieben, was diese Laute hervorrufen mochte. Kaum ins Bett zurückgekehrt, war erneut dieses völlig unverständliche Reden zu vernehmen, das kein klares Wort, nicht ein einziges, sondern nur die emotionsbedingte Intonation vermittelte: Tremolo allgemeiner Heiterkeit, ängstliches Absinken zum Flüstern, drohendes Gemurmel, ansteigend zum polternden Schimpfen, von schneidend scharfen Behauptungen, nüchtern und kalt begleitet, so daß zwar Gestalten zu den Stimmen vorstellbar wurden, die jedoch, des dauernd wechselnden Tonfalls wegen, auch ihr Aussehen fortwährend änderten. Wer da mit wem haderte oder diskutierte blieb verborgen. Selbst als ich ein zweites Mal, nur viel leiser, nahezu lautlos mich erneut erhob und auf die Redenden zuschlich, verklangen sie abrupt, ehe ich mich ihnen soweit genähert hätte, um in das dunkle Nebenzimmer, die Quelle des Disputes, spähen zu können. Zumindest untersuchte ich es eingehend, die Fenster und die Riegel, die Leitungen, und legte das Ohr an die Tapete, wo ich Röhren vermutete, doch meldete sich nicht das leiseste Geräusch.
Am nächsten Morgen erwachte ich in einer auffälligen Lautlosigkeit, die mir neu schien. Das Phänomen wiederholte sich nicht mehr, an keinem weiteren Abend, was mich mehr beunruhigte als sein Auftreten, denn ich war mir jetzt ganz sicher, daß der unverständliche Dialog nichts anderes zum Gegenstand gehabt hatte als meine Person. Entscheidendes war über mich gesagt worden. Recht bedacht, dürfte es sich um eine Anklage und Verteidigung gehandelt haben.

Rief ich mir diese Sprachkaskaden noch einmal ins Gedächtnis, war ich beinahe sicher, nur nicht, wie die Entscheidung ausgefallen sein mochte und ob ich am besten gleich meine Sachen packen und verschwinden oder getrost den nächsten Jahrzehnten entgegensehen sollte.

Sie finden statt, aber sie sind unerkennbar, manchmal ahnbar in seltenen Augenblicken. Wie etwa gestern in der Sophienstraße, Berliner Mitte, in einer Straße, die für Wunder anfälliger ist als viele andere in dieser wunderarmen Stadt. Eine Erscheinung?
Nicht im üblichen Sinne. Obwohl der die Straße teilweise flankierende Exfriedhof, ein zeitgenössisches Rasenstück, durchsetzt mit wenigen prominenten Gräbern vergangener Jahrhunderte, gewiß Epiphanien günstig wäre. Nicht eine solche ereignete sich, sondern die unwillkürliche Wiederkehr gewesener Zeit. Als das herbstliche Sonnenlicht in die Stille des Mittags einfiel, kaum Fußgänger den Bürgersteig belebten, kein Auto fuhr, kam ein Moment zurück, der sonst vielleicht bewußtlos im Schatten einer Toreinfahrt liegt, ein abwesender Schläfer, ein moderner und völlig gestaltloser Rip van Winkle, urplötzlich erwacht und auf die Straße tretend, der er sein eigenes Lebensalter im Nu aufzwingt: möglich, daß der erste Weltkrieg soeben vorbei war oder die mißglückte deutsche Revolution: die einstmals bürgerliche Wohngegend proletarisiert, bewohnt von Leuten, denen fast alles während ihres Daseins versagt blieb, und deren unverwirklichtes Selbst nun hier auf ewig in die zerfallenden Häuser gebannt ist, in den abblätternden Putz, in zerfressenes Mauerwerk, Kellereingänge, grün gefärbt von Triefwasser, Hofwinkel, Remisendächer, Müllhäuser, Abfallhaufen. Der starke Durchbruch einstiger Wirklichkeit gab den wenigen schattenhaften Gestalten in der lichten perspektivischen Verkürzung langgestreckter Architektonik ein weit höheres als ihr wahres Alter: als kämen sie aus alten Zeitungsfotos, um sich heim zu begeben, aber heim wohin?
Und jener gegossene oder geschnitzte Pferdekopf ohne Ohren über dem ehemaligen Stall: Oh, Fallada, da du immer noch hangest, du weißt das alles und wirst deswegen und dafür geliebt, denn der alte Hauswart, der den Hausflur, den Durchgang zu dir, am Boden kniend seifte, wollte sich nicht von dir trennen, trotz seiner Ärmlichkeit nicht: es gibt eine Armut, die durch Geld und Gut nicht abzuschaffen ist – es ist

dies die Armut an gegenständlicher Geschichtlichkeit. Die verrostete Laterne aber, das verrottende Schnitzwerk überm Tor und an diesem die völlig glattgegriffene Eisenklinke mit dem Engelsköpfchen: sie sind der Zugang zu unerwarteten Erfüllungen – und nichts anderes sind ja Wunder!

Eine geheime Substanz, chemisch unerforscht, verbindet sich mit Gegenständen, um manchmal in einen anderen Aggregatzustand überzuwechseln, Lebenselixier zu werden, welches zwar niemand verjüngt, wohl aber die Sehkraft beeinflußt, oder sollte es heißen: die Sehfähigkeit, so daß man der vielen, vielen, immer unvollendeten Leben ansichtig wird.

Aller wahre Schmerz (und selten entsprechen Wörter wie Schmerz und Wahrheit derart einander) ist der des unauflöslichen Widerspruches: das Buch, das ich schreiben würde, dieses allumfassende totale Buch, kann niemals geschrieben werden.
In seinem Vorstadium, der denkbar dauerhaftesten Gefangenschaft, besteht es bloß aus Ahnungen, schrumpfenden Erinnerungen, unsicheren Vorstellungen, die, wie alles Gedachte, alles Erdenkliche, über einen längeren Zeitraum hinweg nicht haltbar sind, zerlaufen und zu Stimmung zerfließen. Ihre Konturen sind unscharf, ihr Inhalt sentimental und hypothetisch: er gleicht der Vorstellung von einer alten Berliner Straße, alt weniger als historisches Faktum begriffen, denn als schon lange anhaltender Prozeß unmerklicher Resorption gelebten Lebens. Man denke sich eine Straße wie die Auguststraße, die man von der Oranienburger Straße her betritt, wo übrigens die einstmals »Neue Synagoge« der Stadt jetzt ein unbeachtetes Ruinendasein führt und nicht erkennen läßt, welche Rolle sie in meinem ungeschriebenen Buch spielte: keineswegs die eines seit mehreren Jahrzehnten zerfallenden Memorials, vom schlechten Gedächtnis meiner Landsleute ignoriert, deren Vergeßlichkeit das ungeschriebene Buch gewidmet wäre. Die Vorstellung von der Auguststraße, wie auch die von anderen Straßen, Gassen, Plätzen, ist aber keineswegs identisch mit der heutigen realen Auguststraße, welche für die Vorstellung von ihr kaum mehr darstellt als der gedruckte Satz für die Fantasie des Lesers. Mein ungeschriebenes Buch – und das ist *einer* der Gründe seiner Nicht-Realisation – bedeutete die rückwärtsgewandte Aufhebung der Vergangenheit, im wörtlichen wie im Hegelschen Sinne.
Ich will nicht, daß tatsächlich gewesen ist, was war. In meinem Buche würde diese Stadt, von der Adalbert von Chamisso aus Talcaguano in Chile an einen Freund schreibt: »Berlin ... ist mir die Vaterstadt und der Nabelort meiner Welt, von dem aus ich zu meinem Zirkelgange ausgegangen, um dahin zurückzukehren ...«, völlig wiederhergestellt er-

scheinen müssen, nicht restauriert wie architektonische Denkmäler, wie ehemals zerbombte Altstädte in bewohnte Museen verwandelt, sondern zurückgebracht in den ursprünglichen Zustand. Und zwar: ganz Berlin. Ob die seltsam schmale und langgestreckte Stallschreiberstraße, deren labyrinthischer Charakter sich in ihren engen und verqueren Hinterhöfen bekundete, in denen jeder Pflasterstein von den Blicken vieler Generationen getränkt gewesen, und in der noch Tierausstopfer sich als solche den Passanten empfahlen, um die toten Lieblinge, Pinscher, Rattler, Terrier jeglicher Mixtur für ihre einstigen Besitzer sorgfältig zu Souvenirs des eigenen Daseins zu machen, von betäubenden Düften umweht, Kampfer und Fäulnis, mit scharfen Messern an bleichen Knochen hinter Schaufenstern hantierend, unerkannte Nachfahren ägyptischer Priesterschaft, ob andere Stellen in anderen Straßen, etwa die trüben Kellerläden in der Wrangelstraße in Kreuzberg, wo die Attraktionen sich erst erschlossen, wenn man ihre dürftig beleuchtete Tiefe betrat, und wo der Inhaber aus unvermuteten Hintergründen oder Verliesen überraschende Schätze herbeitrug: antike Waffen und sogar weniger antike, alte Zeitschriften und Magazine, historischen Abfall, der noch eben zeitgenössisch gewesen war – jede dieser Örtlichkeiten erhielte durch Wiedergeburt in meinem Buch außer ihrem angestammten Platz auch ihr unverwechselbares Wesen zurück. Genauso wie die Menge häßlicher Backsteinkirchen: die Petrikirche in der Gertraudenstraße, 1285 urkundlich erwähnt bereits, die höchste Berlins; die Jerusalemerkirche in der Lindenstraße, die Dreifaltigkeitskirche in der Mauerstraße, nahe Checkpoint Charly, dortselbst auch die Bethlehemskirche für die vertriebenen Böhmen; gleichfalls Häuser, darinnen Berliner Originale hausten, obschon, nach Ortssitte, meist gar nicht am Orte geboren: Chamisso Friedrichstraße 235, Daniel Chodowiecki Behrendtstraße 31, Hegel Kupfergraben 4a, Alexander von Humboldt in der bereits erwähnten Oranienburger Straße Nummer 67, Heinrich von Kleist Mauerstraße 58, Ludwig Tieck Roßstraße 1 und am Pariser Platz 6a der Komponist Giacomo Meyerbeer: Häuser über Häuser, im »Bullenwinkel« und am Krögel, im Scheunenviertel und in Alt-Strahlau, in der Kleinen Alexanderstraße oder hinter dem Schlesischen Bahnhof, Unterwelt, Zwischenwelt, versteckt hinter Fassaden, die eine vergangene Sonne anstrahlte, so daß die Hand des Lesers meines ungeschriebenen Buches die Wärme des porösen Mörtels fühlen müßte, eingeladen, weiter hinauszuspazieren in die stillen grünen Alleen des Neuen Westens, wo man niemals einen Menschen zu treffen meinte, die Gegend immer ausgestorben und das Leben sich in buddhagleich kontemplativen Villen zu inkarnieren schien, indessen der Blick ihrer reglosen Fenster dem Vorbeigehenden folgte, und er sich auch gesehen wähnte, bis hinaus zu den einsam werdenden Gebäuden, hoffnungsvoll ins Gelände gepflanzt, als Vorläufer der Stadt und sie hier draußen erwartend, die dann doch nicht mehr die Kraft gefunden hatte, sich über ihre eigene Peripherie hinauszubegeben, vor lauter geschichtlicher Müdigkeit, geschlagen von Geschehnissen, die in meinem Buche ungeschehen wären.

Doch die städtebauliche Repristination bildete nur die Basis, sozusagen: die Syntax, in der alles andere ausgedrückt würde, was durch vorzeitiges Absterben, gewaltsames Enden sich nicht vollenden oder nicht zu Wort kommen konnte: Gestalten aus dem Umkreis Franz Bieberkopfs wie aus dem seines Schöpfers selber, Jettchen Gebert und Werner Hegemann, Herr Wendriner und George Grosz und erst die gänzlich Namenlosen, die ans Licht meines Buches müßten, damit ihnen endlich das werde, was ihnen lebenslang, richtiger: lebenslänglich verweigert worden ist: Gerechtigkeit nämlich.

Denn mein Buch wäre ein Buch der Gerechtigkeit, keines des Wertens und Urteilens, des Argumentierens und Überzeugenwollens, wie alle anderen Bücher, die ich oder andere geschrieben. Ein Buch der Gerechtigkeit ließe jeden seinem eigenen Bilde von sich gemäß erscheinen. Es wäre daher ein Buch, in welchem uns kein Mensch suspekt, bösartig, feindselig vorkäme, weil es ja jedem die Selbstdarstellung durch die sammelnde und zusammenfügende Hand des Autors gestattete.

Wir, als Leser solchen Buches, würden den Glauben an den Menschen zurückgewinnen, fänden die verlorene Gewißheit wieder, daß diese Leute, alle wie sie in ihrer Individua-

lität vor uns aufträten, die Fähigkeit besäßen, ein lebenswerteres Miteinander sich einzurichten – und das ergäbe vermutlich den märchenhaften Zug meines Buches, von dem mit jedem es erklärenden Satz eigentlich klarer wird, daß nicht allein die obenwähnte unmögliche Restitution der Vergangenheit, sondern daß ein damit symmetrisch verbundener Umstand die Entstehung verhindert: die darin vorausgesetzte Zerstörung der Gegenwart. Nur anstelle einer völlig vernichteten materiellen wie geistigen kontemporären Berlinität (wenn man die grundlegende Idee des ungeschriebenen Buches in einen Begriff fassen wollte) könnte deren vergangenes, reicheres Wesen wiederhergestellt werden – mit welchen Mitteln, das bleibt ohnehin ungewiß, so daß auch diese Möglichkeit, den umfassenden Inhalt des Buches zu konstituieren, gar keine ist, sondern nur Illusion und Fiktion.
Von der Leserschaft des ungeschriebenen Buches sprach ich noch gar nicht, aber es handelte sich dabei selbstverständlich um keine andere, als um die im Buche selber anwesende Personage: die darin vorkämen, wären potentielle Leser und fänden sich wieder in einem Akt ersehnten und endlichen Zusichselberkommens.
Man merkt, es handelt sich um einen utopischen Roman, dem zu der Schaffung außer den erwähnten Schwierigkeiten auch noch die Utopie selbst im Wege stünde, die er zu verwirklichen gedächte, wonach sie, wie wir wissen, keine mehr wäre, sondern einer schauderhaften Leer-Stelle den Platz überließe, einem unseligen, umsichgreifenden Vakuum, das, wie könnte es anders sein, auch die Personen wie Leser meines Buches ergriffe, um sie ihres durch das Buch erreichten Glückes zu berauben, sie mit Trauer, Neid, Haß, Eifersucht, Verzweiflung zu infizieren, so daß sie am Schluß, gegen die letzten Seiten hin, vor lauter Wut und Enttäuschung über sich selber und die ihnen entwendete Hoffnung das Buch in lauter Stücke zerrissen, wodurch sie sich natürlich ebenfalls liquidierten.
Ich meine, ein solches Buch zu schreiben, ist nicht nur eine Unmöglichkeit, es wäre zugleich eine Gefahr, daß man mit solchem Werk nichts anderes erreichte als das, was bereits passiert ist. So beschränke ich mich auf Andeutungen, ver-

steckte Hinweise, Fingerzeige in Form kleinerer, absichtlich ausschnitthafter Texte, Prosastücke oder Gedichte, um eine Totalität ahnen zu lassen, deren Glanz und Herrlichkeit nur durch Nichterscheinen Bestand haben kann.